洗大象的女人

花柏容——著

目次

把臉分享給別人吃……嗯，光想就滿痛的。

等待的時間，我想起兒子曉宇跟我說過麵包超人的座右銘。

看守所接見室等候區坐滿來會客的人，牆邊站位也圍了一圈。手上的接見次序單已經多次被我做成捲菸形狀，雖然無心抽菸，但菸癮沒放棄暗示我。

我的鼻子忙著接收訊息，不時迎來滿滿的會客菜食物氣味，新鮮的、舊的、陳年的全混在一起，其中很難不被注意的是一道麻油雞，我不知道是因為十一月了，或是有人懷孕。還有人帶來佛跳牆，空氣中有燻香的栗子味。

撕下自己的臉分享給飢餓的人……或許是因為滿屋子的食物氣味吧，麵包超人的座右銘在我心裡發酵，但我聞到其中殘酷的趣味。我想著麵包超人把臉，也就是他的肉體、面子、尊嚴一塊又一塊撕下的感覺……對了，他的動機是什麼呢？我沒問曉宇。是正義、愛、和平？想到動機，我到現在依然不確定明人的犯罪動機。

張望了一下，我應該是唯一空手來的。看著這麼多食物等待被送進去，像極了拜拜的場面，臺灣人不愧是不管做什麼都要帶上吃的，就跟哈比人一樣。話說回來，此刻食物意味著親友的關愛，還有渴望從難吃的牢飯暫時解脫的自由。失去自由的人總熱中想辦法偷渡一丁點麵包屑般的自由獲得心理補償，我可以理解，我也是當過上班族還結過婚的。

出發前，我為了該化什麼樣的妝、穿什麼煩惱了好一段時間，最後選了最常穿的天藍色 T-Shirt 加寬鬆休閒褲，T-Shirt 上左胸有一小段彩虹刺繡，我想看守所裡的明人現在應該不容易自由看到藍天，天藍色或許能給他一點好心情。這是我的一廂情願，不過凡事都從一廂情願開始，就看它後來運氣好不好。

再次展開接見單，我發現紙張邊角小小備註寫著：家屬執聯。這讓我再次意識到，我已不是家屬，而是前妻。

兩個禮拜前我帶小孩來看他後，他便叫我們不要來了。上星期我陪公婆探監還帶了三樣菜，他看到我竟一臉你怎麼還來的不耐煩，一拿起接見室電話就叫我回家。公公見狀一手搶走電話幫我說話，說我辛苦準備了三樣菜，他依然不領情說拿回去。我有點火了，就說你請獄友吃好了，因為我有作功課，聽說這樣在裡面日子比較好過。沒想到他還是堅持說不用，他不想念外面自由的食物，更不關心獄友的感受。看他日漸消瘦還嘴硬，我心想你就餓死在看守所好了。結果呢，昨天他從看守所打電話給我，希望我來探監。

「這不算是我的工作吧？」我特別想確認這點，因為離婚前我發現他認為我為他和小孩所做的一切都是我該做的家務。

「不是，是我拜託你。」

所以，這次會客不一樣，是他要我來的。難得前夫這麼誠懇謙卑，我暗暗為一場小小的勝利得意，你終於求我了。

雖然已經來了第三次，但還是不太習慣。我坐在這輩子從沒想過會進來的看守所接見室等候區，等著會見這個現在叫前夫的男人，回想我們之間從沒有了愛情，變成不再是家人，甚至連朋友也不是，直到此刻大部分時間我依然不知道他在想什麼然後還把自己弄進監獄的傢伙，為了他我來到這裡，坐在這個日光燈亮到像有照明強迫症讓人只想趕快回家的地方等著，等著想知道他為什麼終於想到我，這一切都要從夏天說起……

火山

為了小孩的暑假作業，我們一家來到磺嘴火山口。丈夫明人留在車上等，我自己陪曉宇和妹妹進行老師要求的自然觀察活動。最近大眾突然發現這座位於盆地北面，讓城市北區的住民終年聞到硫磺味的休火山其實是活火山，蘊藏著未知的危險還離自己的生命財產很近。

名義上的初秋八月午後，山間遊客中心停車場意外地穿行著簌簌涼風。我下車剛關上車門又不死心折回敲敲車窗，車窗降下看到 iPad 已經貼在明人手上。

不過一轉眼的時間，好像 iPad 是他不可片刻分離的器官。

雖然不抱期待，但想到小孩等一下必問爸爸為何不來，我便試著以車外難得有涼爽山風沒太陽為由鼓勵丈夫一起去看火山口，他一如預料拒絕了。

我又多問幾句，明人一雙目光穿過厚厚的近視鏡片，像是一道透明的牆凝視著我。

「出門前不是說好了嗎？我只當司機載你們來，我要在車上工作。」

明人是一個程式設計師，和朋友合夥開一家網路設計公司，日夜不分、場合不分地工作是常有的事，我當然知道。

眼前這個男人是你無法到達的地方，一個你不能填補的缺口，看不到光亮出口的黑洞。你明明知道……心裡有個聲音般切換了幾種方式提醒我，我還要繼續聽而不見嗎？

「你是不是有別的女人？」

我按捺不住心中積蓄己久的念頭，忍耐的彈簧無預警地斷開，但真正脫口而出還是讓我暗暗驚訝。

然而顯然時機不恰當。此時兩個小孩正雀躍地有如圍著營火般的原始人叫嚷著活火山！活火山……往升著硫磺味煙氣的火山口跑去。想到山間到處有冒泡的滾燙湧泉，盡職的媽媽不該在這時處理夫妻的問題，何況我遠遠聽到小孩嬉鬧著空氣裡有屁味，回頭還瞥見曉宇惡作劇用手捕了一團屁摀住妹妹口鼻，妹妹氣得想報仇，哥哥笑得更開心跑給她追……

「現在要談這件事嗎？」明人的目光勉強從平板移開轉頭看著我，彷彿我打擾他穿越虛擬世界很惹人嫌。他這套冷漠的眼神我見多了，但我依然感覺到它放大了我當下做為媽媽的窘境，還讓做為妻子的我意識到身上種種進入中年的體徵，身材發胖、雙下巴、越來越明顯的魚尾紋等等，我再次聽到之前偷偷投資了幾次小針美容，錢都丟進水裡的噗通聲。

說來悲哀，明人的態度我不陌生，而我的突兀問題對他來說似乎不意外，他像個淡定的棋手早等著我走到這一步，因此從容且認真看待我提出的問題，不然他連頭也不會抬起來一秒。

「算了。」

我決定先放過明人，眼下之急是找小孩。沒多久我的擔憂很快出現在眼前，曉宇和妹妹居然蹲在一處沉積岩露出的湧泉口，我正想出聲罵人，妹妹回頭看到我來了急著搶先炫耀：媽！快來！我們在煮蛋！

哪來的蛋？「你們搞什麼?!那邊危險！曉宇！把妹妹帶過來！」我不及細想直接火山爆發的同時，眼眶泛著淚激動衝上前把兩隻頑皮鬼罵一頓，看到果真有三顆雞蛋在一窪乳白色沸騰的硫磺泉中浮沉。我沒忘記機會教育這裡不是地獄谷不能煮雞蛋，順便恐嚇一下警察會把他們抓去關，然後急忙把他們帶離現場，心裡納悶為何是三顆雞蛋，但沒心情問，自然觀察課還沒開始就結束了。

下山的路上，曉宇和妹妹自知闖禍安分坐在後座，他們很清楚，我和明人所在的前座有超級低氣壓籠罩，必須安靜應對、小心觀察。

「他們什麼時候拿的蛋？」

「你不會自己問他們？」

明人沒問。我猜他的潛臺詞是為什麼我沒事先察覺到小孩從家裡偷蛋還帶出來玩，這令我更不爽。「顧小孩不是我一個人的事。」

「主要是你的工作，不是嗎？」

「我的工作？說得好！何止是我的工作，這個家只有我，跟後面那兩隻！你到底在哪裡？」這次我內心的小火山連續噴發，彷彿整個大地都在怒吼。但是沒用，我噴出的話語似乎全部被明人的沉默之牆吸入，一小部分隨著空調吹到後座。

「車子裡也有屁味。」我聽到妹妹壓低聲用氣音對哥哥說，感覺像在挖苦我的怒火有硫磺味。

「爸，你載我跟妹去阿公家，好不好？」

曉宇顯然吹到帶有異常氣息的冷氣，預感爸媽接下來會有一段時間沒空理他和妹妹，果斷幫兩人找到避風港。

「媽，可以嗎？」曉宇沒忘記向我補上報備。

「去吧！」我沒意見，何況我也不想讓小孩看大人吵架。

明人把車開到離火山不遠的爸媽家，自己帶兄妹上樓。我坐在車上等，可以想像公公看到孫子來了很高興，同時問起媳婦正芳怎麼沒來。曉宇替爸爸回答：媽媽不舒服。公公聽過這個理由很多次了……

一個小時的車程，明人和我都沒說話。他眼睛緊盯著前方路況，雙手握方向盤幾乎不動像是人形自動駕駛，因此不在乎沉默的尷尬。我的心思則在車道來往竄動的車流中失去方向，連尷尬也迷失了。

回到木柵山上的家。雖然沒有市區悶熱，但這裡終年溼氣沉重，房子外牆多處覆蓋大片灰綠的青苔，彷彿雲霧穿過山後原生林在上面哈氣。六年前入手時我不以為意，現在才清醒過來看到缺點。當時我和明人從市區搬來，公婆很不高興，他們有北區環境較宜居的優越感，經常批評臺北南邊山上溼氣過重對健康不好，我解釋說離明人上班的東區較近，但他們認為是我刻意要住得離他們遠一點，好讓他們不能隨時探望金孫……

我下車，看著明人把車倒入車庫，想起當初搬到山上跟公婆諸如此類北部粽與南部粽爭執的不愉快，莫名想起很久沒回去的嘉義老家，我很想告訴公婆：我離老家更遠好不好。

我站在門前人行道上，出神仰頭望著、預想著青苔和爬藤像不祥的影子逐漸占據了房子，完全沒察覺明人走到旁邊。

「松鼠？」明人皺著眉察看樹間，擔心牠會從門前欒樹爬上二樓。他討厭山上所有的小動物。

「你明明討厭山上，為什麼願意搬來？」我和小孩都愛山居生活，只有明人例外。這麼多年來我知道他在努力適應，但始終沒辦法像我自在享受在院子養花弄草，在露臺喝下午茶的樂趣。他的書房窗戶朝著可以看到筆筒樹、油桐花的大片綠意的山，但他從來不打開窗戶，終年拉下不透光窗簾，因為他不想看到蟲在紗窗前飛舞爬行。

「因為你很愛，我試著配合。」

「辛苦你了。」我不確定我這是在感慨，畢竟他努力過了，還是在嘲諷他的努力。

「波吉！走慢點！」住附近的方姊被兒子養的哈士奇拖著跑，像一邊踩油門一邊煞車般狼狽，遠遠朝我們而來。

「正芳……鄭先生……」方姊硬拉著狗停下腳步，想找我聊幾句，但懂得讀空氣的她立刻察覺到我和明人之間存在負能量，「真受不了這瘋狗……改天聊……」很快藉由哈士奇的蠻力繼續拉著她離開現場。我回身望了一眼方姊逃離的身影，不經意瞥見對面鄰居房子二樓高掛著出租仲介廣告，我第一次注意到。那間房子空很久沒人住，偶爾會有一對老夫妻來打掃，可能他們終於決定租出去了。

進到屋內，我逕直往沙發就位，只想快點揭開底牌、進入主題，明人卻沒事一般逕自朝書房晃去。

「你去哪？」我沒好氣地說。

明人大概想起他該對我有所交代的事，默默回頭在單人沙發坐下。

「你是不是有別的女人？」

「沒有。問題不在這……」

我雙手交叉抱在胸前翹起腿，等著聽到底問題出在哪裡。

他提出一個所謂的心理現實問題。亦即我們之間從結婚以來就存在一頭大象，我們躲在大象肚子底下四腳之間，把牠當成家然後生了兩個小孩，如今大兒子七歲，小女兒六歲了，他無法再繼續假裝自己是爸爸、丈夫，他有了不適合家庭的覺悟，從今以後想回到一個人生活的狀態……

一個人生活？你現在不就是？我和曉宇、妹妹都快變空氣了……明人的話把我搞得頭暈腦昏，但我心裡的惡魔還保有嘲諷能力，惡魔有時會想跳出來對明人罵髒話，但我很冷靜壓制住祂，連坐姿也沒變。

「大象？」從明人口中聽到這種抽象的話，倒是令我難以消化，我一直以為他腦袋裡裝的只有程式代碼。但程式代碼也很抽象就是。

「你明明是理工男，幹麼裝文青。」

「我是認真的，你盡量嘲諷吧……」

「因為你以前不會這麼說話。」

「是嗎？我也沒想到，我會反覆做同一個夢。我一直做和一頭大象住在一起的夢，牠像氣球一樣慢慢膨脹變大，一開始我感覺到被牠壓迫的痛苦，但後來很奇妙，大象和房子好像融合成一體，我漸漸也適應了。」

「既然你適應了，那就沒問題了。」

「我在夢裡的痛苦不斷重覆。」

「我沒聽錯？你因為一個夢要離婚？你需要的是看醫生吧？」我希望可以對明人說出更難聽的話，因為我胸口也塞了一顆不斷脹大的氣球極為難受。只是我同時又很困惑，明人是哪來這麼蹩腳的理由？他的說法聽起來是誠實的，雖然不可思議。難道是因為我們的思維完全不同層次？

「如果我說，我是為了女人會讓你比較好受嗎？」

「可能會，至少比較好懂……所以，我、曉宇和妹妹加起來是大象？」

「我也有責任，牠有一部分是我造成的。」

「好可惜，我滿喜歡大象的……」明人看了我一眼，不明白我的話意，我自己也不知道為何突然說出莫名其妙的話。但很快我察覺到，我剛才有一短瞬的時間抽離當下的自己，就像遇到痛苦或討厭的事，靈魂就暫時跳脫出肉體從稍遠的距離審視自身的現況，這樣就沒那麼痛了。

「我想說的是，我對自己……沒辦法再視而不見了。」

「你所謂的視而不見是什麼？」

「我對你的情感死了。也許不只，我對人的情感死了。」

「死了？那是怎樣？」事態嚴重了，但我決定裝死繼續追問，明人顯然被我搞煩了，焦躁不耐地抖著腿。

「就是失去感覺。」

「你說的是麻木不仁，對吧？我就說，你一直看手機、iPad早晚變殭屍……」

「你說過很多次了。」

是啊！我說過多少次了？因為你一直這樣……我到底在說什麼？我也不知道。我只想哭，但哭不出來只好鬼扯。我知道這是致命一擊，即使靈魂抽離了也沒救那種。

我對你的情感死了……當明人說出來，我只覺得耳膜被震得嗡嗡作響，接下來他說的一切，聽起來都像在一層隔音膜之外……

「你說的話好可怕。」

「我知道，但是我沒辦法。」明人的口氣平淡，就好像知道自己被感染殭屍病毒了但也接受了。

明人承認，他從來不想結婚生子，只是在某個時間點他決定暫時拋下自我履行繁衍後代的責任，現在責任完成了，因此他不想再陪妻小去踏青、爬山露營、旅行了，和家庭生活有關的每一刻他都在忍耐，尤其是戶外活動。就像上次我為了露營特地從日本網購雪峰章魚燒鐵盤，他嘲笑我為了在野外生存準備一大堆裝備是愚蠢的行為，為了在野外享受準備不必要的物品是加倍的愚蠢，現在他認為不管蠢不蠢我都可以不必再忍受他的嘲諷，我可以自由選擇我的生活方式。

好可惜！日本買的章魚燒鐵盤只用過一次，收到哪去了？

「結婚前你不是這樣的，小孩也是你想要的。」我想起當初為了懷曉宇，看了一排醫生，打排卵針打到屁股石化，按規律進行各種做愛方法，還考慮過做試管嬰兒的最壞打算，現在回頭看當時的自己簡直荒謬。

「我們曾經為了懷孕拚命努力，你記得吧？」

「我只是為了完成責任的目標。你呢？你是害怕吧？」

「我怕？」我模糊察覺到潛意識正在舉手招認，我是一個想摸魚的學生，被明人老師逮到。

「你怕無法生育，會讓自己失去價值，沒辦法再依附我，所以你也在忍耐。」

「你把我說得好像是一隻還滿努力的寄生蟲。」雖然不想承認，明人露骨的話還是把我絆倒，讓我趴在地上醒了。我的確有明人說的害怕，我已經快四十歲了，脫離社會很多年，儘管內心對明人有種種不滿，我甚至已經忘了自己為何會嫁給他這樣的人，然而我更擔憂失去現在擁有的優渥生活。就像察覺到自己掉進一個陷阱，雖然想否認那是陷阱，但更強烈的念頭是不想離開陷阱。結婚真是他媽的瘋狂大冒險！我感覺身處之地往下陷落，不得不仰頭看著眼前這個相處快十年的男人，十年前他還是個陌生人，現在他後悔了，再次變臉成陌生人。簡直是一場自找麻煩的惡作劇。

不對！我內心響起警報。他是要貶低我，再逼我妥協。什麼狗屁大象的都是高明的謊言，只是利用部分的真實掩飾虛假，我聽過太多男人對女人說出種種高尚的分手理由，只為了去找另一個女人的例子。

「你就承認吧！你有別人。」

「你不明白，我跟你不一樣，我不為了別人。」

「你倒是自私得理直氣壯，你說你責任完了？曉宇才七歲，妹妹才六歲，你的責任才剛開始！」

「我說的是我完成生育後代的責任了，你說的是養育的責任，這部分我沒說我不管。」

曉宇打來，我才注意到外面天色暗了。曉宇說要住在阿公家，其實是為了探問爸媽的狀況。

「你爸爸要離開我們。」我一方面這麼認定，一方面希望自己是錯的。我故意說給小孩聽，其實是因為我沒招了，只好尋求場外應援，期待有人可以阻止丈夫，不管是曉宇、妹妹、公公、婆婆都好。

「你們要離婚嗎？」曉宇問。我沒有馬上回答，同時隱約聽到有人湊在曉宇旁邊發出細碎聲，似乎很想把手機搶過去直接介入。

「可能……曉宇，你為什麼煮三顆雞蛋？」我不知道為什麼我在這時候想起雞蛋的事，也許我需要說點無關的話題放鬆自己。

「我一顆，你一顆，妹妹一顆啊！」

聽曉宇這麼說，我便知道自己還有優勢，我也讓公公、婆婆知道這一點，就看他們怎麼處理兒子的大象。

●

直覺告訴我，一定有別的女人的存在。趁明人不在家，我搜索書房，仔細檢查他衣櫥裡每一件衣物。之前沒注意，我發現衣櫥裡的東西少到我想把我沒地方塞的衣服借放一下。明人的衣櫥一直都這樣嗎？難怪每次洗衣服我都納悶為何他換洗的東西總是小貓兩三隻。會不會他把一部分的衣物搬到那個女人住的地方？我的懷疑觸角越伸越長，一旦開始懷疑，懷疑就會變得自動化，就像噁心的骨牌效應。

很遺憾，沒有發現可疑的毛髮或某個女人的物品。我馬上想到這樣的努力只是徒勞，明人重要的東西應該都在 iPad 或手機裡，那是我無法攻破的堡壘。

就在準備放棄時，我注意到電腦桌底下的垃圾桶。

我到廚房找來垃圾袋，攤開鋪在地板上，把垃圾桶裡的東西全部倒在上面，垃圾一如平常不多，主要是廢紙、單據、發票。明人從來不收集發票。我把單據和發票一一揀起並分成兩類，然後逐張檢視單據和發票的消費項目。

我還是失望了，廢紙堆沒有令人眼睛一亮的旅館消費或可能是為某個女人花費的項目。我把明人丟掉的發票回收，希望其中有被我拯救的千萬大獎。就在我比對發票有效日期時，我注意到一張一個月前在全聯超市消費的發票，其中一項明細看起來尋常卻很突兀，竟然有爽身粉。

爽身粉？我回想了一下，從沒看過明人用過，我沒在用，小孩也多年沒用。如果是潤滑油或保險套就容易聯想了，買爽身粉要幹麼？那個女人用爽身粉？我立刻起身到浴室、臥房各處找，爽身粉不在家。

我用手機刷了一下google，爽身粉沒什麼可疑的用途。但我當下的心態有點像電影常演的老鳥壞警察，爽身粉在我眼中還是長得很可疑，雖然我的懷疑沒根據但還是拚命找漏洞找麻煩。

反正家庭主婦時間很多，我決定先不管爽身粉，想辦法找別的突破口，我其實有覺悟，如果婚姻無法挽回，那就做好離婚的戰場管理。

我約了明人的大學同學兼合夥人安可在百貨公司樓上喝咖啡。我和安可一起學過瑜伽、插花，每隔一段時間就會相約見面吃飯喝咖啡，談不上是閨蜜但自認是私交不錯的朋友。我找她是想打聽可能和明人交往的年輕女同事。動機很簡單，我想獲得明人的外遇證據，好在離婚談判時占到有利位置。

「為什麼你會認為一定是年輕女同事？因為自卑嗎？」安可一上來就一針見血。好吧，我承認，我忽視了戀母、姊弟戀、同性戀等其他性癖好的可能。

「你該找的不是別的女人，是明人這個人。」繼一針見血之後，這次安可的話進了我耳裡造成我腦內起霧，讓我懷疑是自己書念太少了，還是家庭主婦當太久變成井底之蛙？接下來我很快意識到，她說話方式怎跟明人那麼像？盡說些不像人說的高來高去的話。對了，他們是同學。可是，她以前會這樣嗎？還是明人跟她討論過？他們聯手坑我？

我就先聽聽你怎麼說。

總之，安可不認為明人有外遇，篤定地說他不會跟任何女人在一起。我以為這意思是明人其實是同性戀，安可解釋說，女人對明人的意義只是性。

「明人跟你結婚我很驚訝。我不是針對你，你懂我意思？」我再次注意到安可說話和明人很像，口氣姿態高高在上，以前我沒想過。

安可和之前見到的她差不多，穿著白襯衫刻意第一顆鈕扣解開，露出胸前的玫瑰金心型項鍊，好像在向人坦誠她有一顆性感的心。她像沒睡飽懶洋洋地左手支著頭，嘴角帶著不經意的微笑輕瞄了我一眼，好像她剛剛發現在某場我不知道自己有參加的神祕比賽中贏了我。

是不是因為明人要跟我離婚，所以她終於現出真面目？

「我一直認為，性是了解一個人的鑰匙。」

她開了這個話題，讓我有點意外。

安可向我坦承，大學時代以來她和明人有性方面的關係，直到他們合夥開公司時才結束。結束的原因很簡單，「人與人之間對彼此的想像有極限，就像接近食物的保鮮期只好打折，勝負已分的比賽之後剩垃圾時間。」安可說。

後來兩人很自然地只是一起創業，不過問對方的私生活，各自結婚後還約過幾次兩個家庭的聚會，雖然早已對彼此失去性的想像，但安可認為這種俗稱為炮友的過往關係是兩人革命友誼的基礎。

我好像不小心誤入安可開設的「性與企管」課，總之安可認為明人和當年的他沒什麼不一樣，是我畫錯重點。不是明人變了，而是我不懂明人，對他有錯誤的期待。

「所以，以前你們上床，單純就只是性？」我沒想到安可和明人有這層關係因此相當惱火，只是努力沒有表現出來，畢竟她說的是過去式。但真正令我生氣的是安可把明人當同類人、自己人，我則是局外人。

「原來我們的價值觀差這麼多，我覺得人還是浪漫一點、有道德感一點比較像個人……」我話中帶刺，但安可聽了只是笑著，那種笑意味著我傷不了她，她懶得理我。

「我們都是這種人，只為簡單的目的行動。道德、浪漫都是多餘的幻想。」

我們都是這種人……安可嘴角微小的笑洩露出優越感的氣息，此時明人的全息投影彷彿坐在她身旁。她的意思再明顯不過：我和明人是朋友，你們離婚後，你什麼也不是。

「我以為我們是朋友……」一開始是難過，但很快我的難過就翻面轉成別的，困惑、惱火都有。「你為什麼要告訴我這些？」

安可嘆了一口氣，身體靠向椅背，大概想離我的情緒遠一點。「作為朋友，我希望你看清明人。」

「我沒辦法這樣理解。」我只差沒講你說的好像為我好，其實是為自己好吧。

「你認為呢？」

「你想告訴我，你比我更適合他，也許你們還藕斷絲連，反正你跟你先生也不怎麼樣。」

「我說沒有，你也不信吧？既然如此，我們就省省力氣吧。」

安可真的很像明人，我現在才發現，他們總是我就這樣，你隨意。

「你說對了，我不相信。」

「我再跟你說一件事，明人已經不是我的合夥人，他在一年前就把股份全部賣給我了。我猜你不知道吧？」

她還真猜對了。我完全不知道此事。我只知道一件事，我是局外人。

●

這一年來明人每天出門上班去哪？他沒工作如何養得起我和兩個小孩、房子外加兩部進口車？因為他把公司賣了？我以前怎麼沒注意到安可是個賤人？

在數個問題像走馬燈映在我腦海中迴轉的同時，我提著購物袋走進百貨公司悶熱霉味及汽車廢氣膠著的地下停車場，肚子裡似乎也累積了大量同類氣體，即使和安可分手後發洩性地消費解氣也沒用。看到地板、大樓方柱上指向各處的箭頭互相矛盾，一股有人在整我的怨氣衝上胸口，害我一時忘了車停在哪裡。

對了，安可每次喝咖啡都愛約百貨公司，她一定知道我來了就必買的弱點。

終於開車上到地面，心頭鬱悶感稍解，仰頭卻看見大樓背光的街上天空的雲層隱約透著令人不安的閃電。我先到學校和幼兒園接兩個小孩，中途帶他們去住家附近的便利商店玩寶可夢。很多社區的小孩也來了，寶可夢彷彿把商店變成了熱鬧混亂的托兒中心。我坐在西曬嚴重的窗邊不時抬頭關心天空，依然有如霉菌絲快速增生的閃電躲在雲層裡，聽不到雷聲，沒有一滴雨落下。

我傳訊息詢問丈夫幾點回家，其實我也可以在手機上問他安可說的事，但我就是想親眼且即時地看他的反應。在等待回訊時，我只能是陪小孩的媽媽。一群小學生聚在螢幕有如墓碑直立的機臺前，情緒隨著遊戲進展起伏，我卻對裡面的世界絲毫不感興趣，我忙著想跟房子、存款、債務有關的事，當中還匯了一筆錢給我媽。自從爸爸變成植物人，我每個月偷偷從明人給的生活費撥出兩萬匯到嘉義，負擔部分看護的費用。

想到明人沒通知我就賣掉公司股份，我開始擔心房子所有權，回家後立刻到書房察看保險箱，結果打不開，我才想到明人每個月換一次密碼。我真笨，家裡重要的財物沒一樣在我手上。

曉宇和妹妹吵著肚子餓，我只好先去煮飯，煮好飯陪兄妹一起吃飯，吃完飯逼他們去洗澡。兄妹倆到現在還是一起泡浴缸玩水，看著他們性別差異尚未完全化的幼小身軀，我心想等到他們會為此刻共浴感到羞恥的那一天，就是離開童年伊甸園的時候了，但也許不用等到那一天……

時間終於來到九點，小孩上床的時間到了，曉宇和妹妹毫不反抗地跳上各自的床上躺好，顯然是配合正處於離婚危機的媽媽。

「媽，爸爸有別的女人嗎？」曉宇等到我關燈那一刻終於問了，陰暗中的聲音聽起來下沉。

「我不知道，我只知道有一頭大象。」

「大象?!」妹妹興奮從床上坐起，「爸爸包養大象嗎？」

「什麼包養，你從哪學的？」

「哥哥。」妹妹想也不想往曉宇一指。她已經養成有難哥哥扛的習慣，我很清楚。

「你亂講，不是我！」

「不是真的大象。」

「那是大象的鬼魂嗎？還是做夢看到？」妹妹問。

「你爸說我們家有一頭大象，所以很擠……」

「難怪！他都那麼晚才回家。」妹妹說，相當合理的推測。

「所以，他要搬出去嗎？」

「說不定是我們三個搬出去啊！」妹妹說。

「爸會這樣嗎？」曉宇雖然擔憂，但對明人還是比較有信心，至少多於我和妹妹。

●

隔日早上快九點，我才看到明人，卻發現兄妹不見了。

昨天晚上十二點多明人回家時，我已經睡著，他到書房睡。早上曉宇發現爸爸回來了，告訴他媽媽等他很久。明人答應兒子，今天會在家裡不會出去。於是，曉宇打電話給阿公，阿公把他和妹妹接走。

是要決鬥嗎？我聽完明人的解釋，頓時想起電影裡的西部牛仔在街上擺好決鬥架勢，整個鎮上閒雜人都識相跑光了。

「等一下。」我跑進浴室刷牙洗臉，換掉睡衣，然後煮咖啡、烤麵包。

「你吃了嗎？」我習慣性地問，但心裡卻尷尬，眼前這個人要跟自己分手，把這個家毀了，我幹麼表現得好像一點事都沒有？

「吃了。」

煮咖啡的時候，我想起只有單據不見實物，消費日期是在上個月，神祕的爽身粉。

「你是不是買了爽身粉？」

「沒，家裡的東西都你在買的。」

明人露出破綻了？還是他忘了？「我記得你買過。」我再強調一次，明人似乎也想到什麼。「我買過嗎？可能是幫同事買。」

「你不是沒上班了，哪來同事？」

明人抬起頭給我看他即使說謊也不在意的臉，「我怎麼沒上班？爽身粉這種東西值得討論嗎？」

「我和安可見過面了，你沒在那裡工作。」我淡然地說，但有點吃驚自己竟然可以心平氣和說出口，大概是睡飽了，加上面前濾杯漫出的咖啡香氣。

「我沒在那裡工作，但是我還是有在工作。」

「然後呢？」

「然後？」明人瞪大眼睛一臉無辜困惑，我好像在和遲鈍的小學生說話。

「你不覺得你應該跟我說明一下，為什麼你會離開跟人合夥的公司？你還賣了股份？你離開公司後做什麼工作？又是在哪裡做這個工作？」

雖然我的問題未免太多了，但這也是明人造成的，要怪我就先怪他自己。

「我不想說，所以沒說……」明人低頭猛咬指甲，顯然在考慮。你不想說？就這樣？我提出那麼多的問題，就一句不想說打死？

「不要咬指甲。」咖啡香氣療癒顯然沒用了，我看到丈夫無法為自己的任性辯護，只能用壞習慣逃避就惱火。他低頭不語任我罵，雙手交握搓著，兩腳不停晃動，嘴巴不時像魚一樣無聲張闔著，似乎想說什麼但找不到言語……

「你怎麼了？」明人的反常舉止讓我不安，他好像突然壞掉。

「那些……工工……作……客……客戶很煩，我……都……都在應付他們，我不……不想……」

明人斷斷續續吐出字句，我嚇到。他眼珠突起臉上肌肉扭曲充滿憎惡反感，說話竟口吃了起來，我不禁擔心他會不會要變身了？到底是遇到什麼樣的客戶可以做到這樣？

像是察覺到自身怪症發作，明人有如洩了氣往後一倒靠著沙發，雙手蒙住臉連續深呼吸試著恢復平靜。過了一會，他重新坐好，我到廚房拿杯水給他。

「你好點了？」

明人對自己失態感到困窘，不敢直視我點著頭。

「沒事。」

「你有看醫生嗎？」

「不用。就是壓力和情緒的關係，醫生也會這麼說。」

你又不是醫生。我本想這麼說，但我現在不想給他額外的壓力。

「我有自己的工作室，我現在只做遊戲。」

「我只是希望你事先告訴我。」

「你知道我不談工作。我該付的一樣照付，給你的錢沒有變少。」

「我不是要跟你談錢。」

「我們現在的問題只有錢。」明人就是這麼討厭。他有時說話毫不包裝令人不舒服，反正他認定我們之間只有離婚一途，沒有別的選項。

「你別忘了，還有曉宇和妹妹。」

「我知道……」明人用手指摳了摳太陽穴，好像解鎖了關於他有兩個小孩的情感小房間，輕輕嘆了一聲，似乎只有這個問題能讓他稍微苦惱一下。

「但主要也是錢的問題。這樣吧？你說你的條件……」

「讓我想一想。」終於來到談條件了，此時我心中的陡坡出現一陣小小的落石滾下，像是崩塌的前兆。顯然他沒有打算要救一下我的山崩土石流，只願意發放受災補償金。

「你急嗎？」我決定轉變方向，採取側翼攻擊。

「急什麼？」

「我不知道……也許有什麼在等你……解決我們之間的問題？」

明人用異樣的眼神看著我，好像我的話有擊中他的要害，但僅僅是表面，因為那個要害藏得很深。「不急。你慢慢來。」

「其實不一定要離婚，我們可以從此各過各的。」

「離婚有兩個好處。錢的事可以分清楚，你也可以自由。也許你會遇到別人再結婚……」

「這也是你想要的，不是嗎？」

「結婚嗎？我不會再結婚了。」明人淡然又篤定地說，好像對自己發表誓言。

我信你才有鬼?!防止核子武器擴散條約都可以違反，誓言又值幾根蔥？這麼想不太像我，就算契約也不可信，我還是很想相信誓言，不然活著就太沒意思了。總之，此刻明人說什麼，我都不在乎了。

「離就離吧，你就大方一點，承認你交了女朋友。」

「我說了，我沒有別的女人。」

我有點困惑，直覺堅持己見告訴我，明人是為了某個人要跟我離婚的，他的態度不像說謊，我卻感覺這個第三者稀薄地存在著。

「我要這間房子，每個月十五萬贍養費，小孩跟我住，但你必須付他們的學雜費。」十五萬是現在明人每個月給我的生活費，我沒計入通膨漲價，算是客氣了。

「不可能。你的貢獻沒那麼大。」

明人一拳把我擊倒。我沒想到結婚這麼多年來的人生被拿來秤斤論兩，他一句話就把我釘在恥辱柱上。

「那曉宇和妹妹你怎麼估？他們是你們鄭家的後代！老娘把他們養大工資怎麼算？」我放開怨氣鬧門怒了，怒到口水四射，臉和脖子都發燒紅了，心想既然你這麼小氣，我也不必客氣。

我一頓火力輸出，明人像是一道無語的軟牆，他沒想到我反應這麼大，但也沒妥協的意思，只是默默坐著，好像決定一味撐著等我讓步。

「你想想吧。」我丟下話就走，不想和他坐在同一個空間浪費時間，別的地方可以浪費時間的選擇多的是。

●

考慮了兩天，我做了原本不想做的事。我找上方姊，她做過徵信社，已經退休了。

方姊家的哈士奇在院子熱情迎接，弄得我身上都是口水和狗毛。方姊再次向我抱怨兒子老是把狗丟給她養，好動的哈士奇毀掉她山上清靜的日子。

進到屋子裡，上次社區媽媽聚會印象中的漂亮居家果然因為哈士奇的到來變得混亂，到處是牠破壞的痕跡。

樓梯走下一個穿著花俏的年輕男人，腋下夾著皮包，手指套了好幾個栗子大的銀戒，一見到我立刻露出專業魅惑的笑。「小姊姊……你好。」

「……你好。」小姊姊？沒人叫過我小姊姊。

「方姊，我先走了。」方姊趨前送男子到門口，兩人以眼神親暱交流沒多說什麼，一切盡在不言中。

我就欣賞方姊這點，我行我素當我不存在。之前我就聽社區媽媽說過，方姊有小鮮肉男友。現在親眼得見，而且她表現得不怕我看的自信。

我去年參加社區管委會認識方姊，打從第一次見面，我就感覺方姊是有黑白兩道特殊社會歷練的人，直覺告訴我不要太靠近。我們之所以會變熟，是因為方姊的兒子和女友想做寵物食品電商生意，方姊從鄰居那裡得知我曾做過這方面工作，因此找我諮詢意見。不過方姊對兒子及其女友十分頭痛，他們很快就改變主意，打算加盟加味茶生意。

「我會做徵信這一行，也是為了抓外遇。徵信社應該改叫外遇調查社。」方姊自嘲地苦笑著。她提起二十歲時嫁給一個劈腿不斷的渣男，於是找徵信社幫忙蒐證，沒想到徵信社太差什麼也查不出來，氣得去徵信社大鬧要求退費，鬧到老闆欣賞她死纏爛打到底的不凡執著，結果找她去上班。

「我老了，沒辦法親自出馬，只能介紹人給你。你放心，我會叫他們給你優惠價。」

「會不會有什麼風險？」我怯怯地問。

「風險是妨礙祕密罪。不過，徵信社也不想犯罪。你放心，我會提醒他們，只在合法範圍內行事。」

我離開方姊家時，心下還忐忑不安，擔心會不會因此走到灰色地帶，惹上什麼妖魔鬼怪？畢竟，從小我就沒做過什麼壞事，連偷看同學考卷、把鼻屎黏在桌底下都沒有。即使在競爭激烈的職場待過，也沒做過害人的事。現在，明人卻逼得我偷雞摸狗。

按照方姊的建議，我唯一要做的是不動聲色。

明人沒有再主動找我談，這樣也好，讓方姊有時間可以做事。我猜他是希望我冷靜後會反省一下我真的貢獻沒那麼大。所以我也沒主動找他，可能會令他失望的是我完全沒在反省。

過了幾天的週末他搬到書房睡，我認為他在為離婚熱身。曉宇和妹妹也看得出來爸爸開始行動。當天晚上睡覺前，針對離婚的條件，曉宇對我提出不管什麼條件都一定要有的條件，那就是絕不接受和妹妹分開。

「絕不接受！」妹妹手叉腰氣噗噗地說。我抱住兄妹激動地想哭，心裡卻很高興曉宇提供一個談判底限。

明人的早出晚歸不但成為常態，他連說一聲都不說了，我想他的目標就是向完全的自由邁進，我也很識相不擋路。不過假日的白天他會帶兄妹去湯姆熊、便利商店或是在家陪他們打遊戲。曉宇告訴我，他也跟爸爸說他的條件，明人答應了。這出乎我意料，但我很快想到小孩問題有可能因此演變成零和遊戲，贏家全拿。

果然，曉宇的條件引來公婆，他們的目標是確保兩個小孩的親權全在明人的手上。婆婆為此提出以房子換取親權，我斷然拒絕。

硬的不行，婆婆來軟的。她哭訴自從明人的哥哥明倫幫做黑心食品的老闆頂罪身敗名裂帶著妻小自殺，公公便自責不已一蹶不振。曉宇和妹妹是鄭家香火延續最後的希望，希望我成全兩個可憐的老人。

就像因為坐在博愛座，被兩個老人道德勒索逼我讓位，搬出來的理由還是不相干的明倫牌位，但我明明被他們另一個兒子搞到即將人生四分五裂，再怎樣我就是不想站起來。

「是明人要離的，你們去跟他講。」一聽我這麼說，公婆閉嘴了。

明人開始常常把曉宇和妹妹送到爸媽家，我看得懂公婆的把戲但心軟加上懶惰沒強力干預。我有信心兩個小孩向著媽媽，小孩也叫我放心，他們不會被阿公阿媽洗腦。但有一天我到公婆家接小孩時發現，阿公阿媽把他們寵上天，將明倫和明人學生時代共用的房間重新裝潢成可以打遊戲、玩直播、養甲蟲蜥蜴猶如兒童樂園的房間，還買了一頂印第安人式帳篷擺著，在在說明他們要不惜血本贏得金孫的心。

「你爸把明倫跟你的房間改了，你知道嗎？」當天晚上我刻意等到明人下班回家，把這件我自認對他很重要的消息告訴他。

「我知道。」明人的反應冷淡，彷彿哥哥明倫跟他沒什麼關係，我的記憶瞬間變成一廂情願的謬誤，但明明不是這樣。

明人和哥哥從小一起睡在那個房間，兄弟感情很好。明倫過世後，公婆決定把一些他的衣服、雜物清空丟掉。明人瞞著他們，把部分明倫的遺物放到個人倉庫。雖然房間清空了，但原先的雙層床架、書桌、書架和家具布置還是維持原樣，感覺得到這家人心情的矛盾，想遺忘，卻捨不得記憶的空殼。

我承認我或多或少希望明人去向公婆施壓，讓房間保持原狀，他的反應顯得我的卑鄙徒勞一場。在我記憶中，每次陪明人回公婆家，明人總會走進房間，如果沒人打擾他，他可以一個人待在裡面很久，久到讓人擔心哥哥還在裡面，時間還在過去……

我明明記得剛跟我交往時，有個總是目光炯亮對我提起哥哥的男人……

「生命沒有多餘的事物，只要有地方放。」

回想起來，八年前新婚不久的丈夫明人帶著我到中途島個人倉儲，我對那個地方印象最深的是寫在門口招牌的廣告標語。

當然，名字也很奇怪。中途島？更怪的是連著這個名字的松鼠。倉儲位於市郊工業區附近荒地一座足球場大的鐵灰色廠房，入口上方繪製一隻雙頰塞爆橡實的松鼠躺在椰子樹下沙灘椅上，享受小島陽光的標誌，標誌下方便是大大的中途島個人倉儲字樣。

「為何不直接叫松鼠倉儲？」當時我曾純為說笑提出這樣的疑問，但明人只是聳聳肩，好像沒興致接話。

我能理解，畢竟明人剛經歷一場家庭悲劇。哥哥明倫一家人自殺了。

明人說過他懂的都是哥哥教的。我的理解是，哥哥是他最好的朋友。

明倫死後，明人深受打擊。打擊他的不是死亡，而是哥哥遇到困難瞞著他，一個字也沒說。哥哥為何會為爛老闆做這種事？是哥哥為了生活變了？是因為大嫂有嚴重的憂鬱症決定陪她一起死？我感覺明人一直想找人怪罪，尤其他懷疑哥哥是為了大嫂而死。

「他結婚後，變成那種可以為家人犧牲的人。」這是我聽到明人最後對哥哥的評價，口氣沒有一絲憐憫或認同，其中隱含他認為大嫂害死大哥的想法。

辦完倉儲承租手續，隔日明人和我開車把遺物運到中途島４２９號倉庫。嚴格來說，遺物中的一部分也屬於明人，像是一臺賈伯斯在一九八四年推出的Macintosh 512K電腦，任天堂紅白機還有第一代Gameboy、第一代ＰＳ遊戲機，都是他們學生時代合資蒐集的。

我會知道這些明人和哥哥的收藏品細節，是因為原本以為把裝箱物品搬下車移進倉庫就結束了。沒想到倉庫門打開，我看到裡面兩道牆放了鋼製層架。明人一箱一箱拆封，把所有的遺物擺到上面。除了大量書籍、遊戲光碟，還有一些兄弟倆搞出來的所謂的發明，像是讓人觸電的整人皮箱、廚餘發電機、氣泵通風除臭鞋、長得像鏟子的格鬥機器人、個人攜式空氣濾清器……它們就靜靜在那裡等著明人或明倫。

然而，離開中途島以後，明人再也不提起哥哥。

中途島是明人記憶的墳墓。從那時開始，他就把自己一部分埋葬了，然後我們結了婚，生了小孩。

我以為沒關係，每個人都有不想示人的傷，我自以為是的忍耐包容，逐漸變成我的無視。

1/2

暑假繞著兩個小孩周遭打轉飛快流逝。

直到九月初開學前一天，我才認真想起明人很久沒提起離婚的事，事實上我看到他的時間明顯變少，對此我也懶得過問，或許他改變心意，認為保持這種狀態也無所謂。

方姊那邊也沒任何消息。我沒刻意找她問，只是幾次經過她家，我發現她都不在，連狗也不在，郵箱被信件和傳單塞爆，可能出國逍遙快活，或者跑路。

我所在的現實剩下我這個面臨危機的家庭主婦和身邊兩個小孩，明人和其他人都不知去向，尤其白天的社區不容易看到人，讓我常有這種錯覺。

開學以後，小孩回學校，家裡大部分時間剩下我，我有更多時間想到我是一隻只會做家務沒什麼貢獻的寄生蟲。雖然離婚條件尚未談妥，我在心情上已把自己當成中年失婚失業婦女，首要面對的現實是我需要重回職場。雖說明人答應給贍養費，萬一哪天他或哪個女人不高興找麻煩或不給了，我就完了。

我打電話給多年未聯絡的同事阿尼，阿尼說她剛生完小孩，我怪她為何結婚沒說，阿尼說她沒結婚，小孩的爸爸還沒向她求婚。

我都不知道阿尼是這麼開放前衛的女性。果然在家當寄生蟲太久，外面的世界早就將我遠遠拋到老古董的垃圾堆了。

我到市區一家以前常去的嬰兒用品店，沒想到多年前的店員升任店長了還記得我，直盯著我略隆起的肚圍問我是不是又要生了，我沒好氣地想這人到底怎麼升店長的，不自覺低下頭拉拉上衣下襬，尷尬解釋是買送朋友的禮物。

我獨自開車到林口阿尼家，理所當然沒約明人。就像地上劃出一條界線，兩人之間開始有些東西可以分一分了，阿尼是我的朋友，明人想必無所謂。

林口大霧。好不容易擠出壅塞的交流道進入市區，我開到一處工地林立的冷清街道，找到地圖標示的社區，把車子開進地下停車場，連地下室都聚集了濃濃的霧。阿尼在訪客停車區模仿交通警察揮舞雙臂引導我到停車位置。

「這裡好多霧。」

「是啊！等一下你可以包一些回去。」

「你的幹話實力還在。」

「那還用說。」

好久沒跟朋友這樣輕鬆說話，好像從職場離開後就少有機會了，難怪有些人退休後會想念上班的日子。

阿尼帶我參觀育嬰房和正在睡的嬰兒，除了溫馨可愛外全套設備一應俱全，好像在看自己曾經歷過的場景。可惜以前的東西早送人或丟了，沒留一樣可以捐給阿尼。

令我印象深刻的是另一個房間，她男友大富的健身房，裡面從地板到天花板及四面牆都有器材可以用來做重訓。我替他們擔心那些槓片之類的重物隨時會壓垮房子掉到樓下鄰居家裡。

阿尼聽了我的近況，直呼工程師男友跟明人很像，滿腦子火箭工程和健身，裡面沒有一個細胞裝了他是不是應該跟阿尼求婚的事，她數次夢見男友跳進火箭把自己發射到月球或火星不管她了。

阿尼的男友進門，我一見本人不得了，體格高大一身筋肉猶如舉重選手，瘦小的阿尼在他旁邊簡直變成一根吸管。吸管向筋肉人介紹我這位以前和她每天一起吃午餐罵老闆的前同事。

「去幫我買飲料。」

「好。」大富才剛坐下就被分配任務。他說話聲輕柔細語，和外型反差大，聽到女友指令瞬間像一座山站起來大步移動。就氣勢來講，阿尼像老虎，他像隻溫順小貓。只見小貓走到門邊，乖巧地從鞋櫃邊拿了購物袋出門去買東西，還沒忘記問客人有沒有要幫忙買什麼，我趕緊說不用，我只想買像他這麼接近完美的男人。

「沒想到你嫁給理工筋肉男。」

「我還沒嫁好不好……你先生也是理工男啊！」

「他沒有肌肉。」

「我跟你講，練肌肉很麻煩的，我每天要照三餐拿筆記本幫他記錄飲食，我上班的時候還要打電話盯他吃了什麼，好像我是他經紀人。」

「是教練吧？」

「隨便啦！對了，還要吃蛋白粉，總之很花錢。」

「他有六塊肌和人魚線嗎？」我純綷是好奇問。

「啊！我也很期待……」阿尼仰頭兩手交握，彷彿要發動少女祈禱魔法，毫不掩飾她的饑渴。「但是那很難練。」

為什麼我會知道少女祈禱魔法？還不是因為有一個媽媽常常呆坐在一旁看丈夫和小孩一起打遊戲……

阿尼雖然有抱怨，例如男友搞火箭沒前途，但總體來說是很開心，感覺她男友以一手之力就可以把她托得高高。明人可沒有這樣，從來沒有。不只如此，他還認為我是大象，快把他壓死。

傍晚我開車準備去接小孩，剛下高速公路曉宇打電話說想去阿公家住，不小心說溜嘴我才知道原來公婆搶先在放學時間接走他們，再叫曉宇事後報備。我打電話向明人抱怨公婆搶人大戰的行為太離譜，要他去把小孩帶回來。

「晚上我有事，沒辦法。」

「你整個晚上一點時間都沒有？」

「對。」明人不容置疑地回我。「你別跟他們計較了。今天就讓他們住那吧！明天我去接他們。」

我才不相信他沒時間。他的聲音透露著我很幼稚，故意和他爸媽較勁。

凌晨二點左右明人才到家，我本來睡了，但是他打手機叫我幫忙開門，說忘了帶鑰匙。開門那一刻，我看到他額頭、臉頰和手臂多處帶著傷，衣褲看起來換過。我驚訝到睡意還有被吵醒的不爽都跑光了。

「你……」

明人一語不發閃過我進了屋子。

「從樓梯滾下來。」他說。我好像在哪裡聽過這種理由，就是大家從常用謊言全集學來的那種。

明人顧自走到廚房打開冰箱，突然一臉驚恐厭惡後退一步大叫：「蟑螂！冰箱有蟑螂！」

「冰箱有蟑螂？」太好了，這下我的貢獻又被扣分了！我心裡嘀咕著走到冰箱前察看，真的有一隻小強在果醬玻璃瓶上面攀岩。我要明人拿來餐巾紙，雙手合圍靠近瓶子，猛然用力一拍，結束了小強的極地冰封之旅。

明人本想從冰箱拿飲料，被蟑螂一嚇改從廚房水壺取水，以前我會嘲笑他怕蟑螂，現在我自知該閉嘴。

「你多久沒清冰箱了？裡面很髒。」

「我沒辦法控制小強好嗎？」

如果被丈夫責備沒做好家務會感到羞愧，那麼被準前夫責備呢？很不幸，此刻我就像放棄治療的病人，我只擔心贍養費，他會用這當作殺價藉口嗎？

「我打死牠了！」為了表示我做完一件家務，我故意把包著蟑螂屍體壓成一團的餐巾紙遞到明人面前，他反射地退縮。

「你很噁心。」

「你才噁心，只會逃避的人最噁心。」

面對我臨時興起，一句同時直擊人格和靈魂的話，明人當作沒聽見，轉身便在餐桌拉了椅子坐下。

「我有事跟你談……」明人一臉認真地說，我忍不住想起他向我告白、求婚時都沒這麼認真過。

「現在？」

「不會很久。」明人很有自信的樣子，好像只要他想速戰速決，就絕不會變成壕溝消耗戰。

明人提出新的離婚條件。他打算搬出去，我可以繼續住現在的房子，但產權一人一半，每個月他付十五萬的贍養費。

我平靜地聽著，心想終於走到這一步了。我覺得條件可以接受，至少他比上次好了百分之五十，承認我有一半的貢獻。看來不需要方姊幫忙了，但我心裡有一部分很想知道方姊的人到底查到什麼。

我很困惑，明人發生了什麼事？是什麼改變他的小氣？

「你怎麼……突然就願意讓步了？」

「沒必要……死纏爛打……」明人痛苦的眼神閃過一絲憎惡讓我心頭一驚，以為他又要發作了。

「你放心。我不會纏著你。」

「不是……」明人用手揉揉眉心，好像很累。我也很累，畢竟都快三點了，半夜了還在談離婚。

「曉宇和妹妹呢？」

「親權嗎？我們共同承擔，可以嗎？」

「可以，問題是……譬如說他們跟誰住？」

「你願意的話跟你住，不願意的話我相信我爸媽很樂意跟他們住。」

「他們跟我住。我原本以為你會想帶走曉宇。」

「我會搬到工作室，那裡沒辦法讓他們住。」

「你要住在工作室？」

「嗯。反正我日夜都在那裡，不用另外租房子了。」

●

談妥離婚後第二天下午，打了幾通電話後，我終於找到方姊，背景有吵雜的卡拉ＯＫ音爆聲，她說她在臺中。

我跟方姊說決定停止外遇蒐證，她替我高興，然後提起她剛從泰國度假回來又為了幫兒子處理店面的事到臺中，表示晚一點會和朋友聯繫，看他們做到什麼進度，將費用作個結清。

稍晚明人接曉宇和妹妹回家後，馬上就走了。我忙著打點曉宇和妹妹，心思惴著怎麼跟他們說離婚談判的結果。直到吃飯的時候，我發現妹妹吃得三心二意不時看看哥哥，又看看我。

「哥哥跟我想到一個計畫，因為哥哥同學洋洋的爸爸媽媽也有離婚……」

「曉宇，你跟同學討論爸媽離婚？」我從妹妹說話的習慣推測，曉宇用手肘推了妹妹一下，意思是幹麼多嘴。

「因為我問他……去法院給法官問的事，洋洋說法官想聽小孩的想法……」

「你是說洋洋去法院給法官問？」

「他是這麼說。」我看得出來，曉宇對洋洋說的法院之旅感到憂慮。

「你不用擔心，我不會讓你們去法院。妹妹說的計畫是什麼？」

「嗯……」曉宇握著筷子含在嘴裡思索了一下，「……就是離婚協議可以加入我跟妹妹的願望，每個星期你跟我們住三天，爸爸跟我們住三天，然後星期天一家人在一起。」

「好……媽媽……願意……」我的喉頭像卡了異物說不出話，同時聽到心破碎掉了一地。兩個大人的協議，竟要小孩幫忙想？「我跟爸爸說，好不好？」

晚上接近十一點，方姊打手機把我找出來陪她散步，這次沒狗。

「送你。」方姊遞給我一個沉甸甸的紙袋，裡面有一個牛皮紙信封，還有一盒藍色包裝的東西。「泰國藍象料理包。」

「謝謝方姊。信封是……」

「我朋友跟我說，他找了一個外聘的做你的案子，那人曾經回報拍到你先生和一個女人見面……」我拿出信封打開封口處，心想謎底終於要揭曉了……

我掏出照片，總共有四張。照片中人全是安可和明人，在某個位於巷子的咖啡店靠窗位置。「真的是她！」

「你認識？」

「我先生的合夥人。」

「不過，除了喝咖啡，看不出來他們有做別的。」

「就這樣？」

「嗯，很無趣吧？照片送你不收錢！抱歉！我朋友找的人不太專業。」

「方姊，別這麼說，我只有感謝。」

「我很氣，看來我在朋友心裡也不怎麼樣，所以我把他罵了一頓。」

我和方姊繞了社區一圈，兩人回到方姊家外。

「有件奇怪的事。聽我朋友說，那個外聘辦事的人不見了。」

「不見了？」

「大概是做一半跑了。」

「可能是我的案子很沒挑戰性吧。」

「他只是個臨時工，求的是財。」

我們在方姊家外分手。我把照片藏進衣服裡回家。我到更衣室將照片藏在鞋盒裡，原本已經在睡覺的曉宇跑來臥室發覺我鬼鬼祟祟，說阿媽打電話來。

婆婆說一整天找不到明人，我很想告訴她應該是去慶祝恢復自由了，徹底解放了……

「媽，你別擔心，他應該忙工作，他每次都這樣。」

●

次日，婆婆打電話告訴我明人出現了。晚上我再次在家門口見到他時，我從他的神情察覺到他有一種欲望獲得滿足，不需要再討好誰、在乎誰的無所謂，我想那個誰應該包含了我。雖然他跟平常一樣T-Shirt加直筒牛仔褲的宅男打扮，看不出有特別為誰改變的跡象，但又有什麼地方不一樣。

我在心裡考慮著要不要把照片拿出來，但想到只是喝咖啡的場面，實在不夠有戲劇衝擊力。

「雖然說好離婚了，但你也不能好幾天找不到人。」

「抱歉，我在趕一個工作。」明人說。儘管對他千遍一律，聽起來是個很偷懶的謊言麻木了，我倒是沒想到他會說抱歉，也許談妥離婚讓他心情輕鬆人也變親切了。

「我爸媽把我罵了一頓，他們要我堅持兩個小孩的親權，房子全給你。」

明人若無其事地說，好像不是來談判，只是隨口傳個話。原來婆婆找他是為了這個。

「不可能。」

「我知道你會這麼說。我看，我叫他們直接找你談會不會比較快？」

「你是開玩笑嗎？」

「當然是開玩笑。」明人以同情又帶著嘲諷的笑看著我，好像在說我竟分不清什麼是玩笑話。他心情真的很好。

「曉宇和妹妹……」明人一聽到我提起兩個小孩，臉上立刻收起笑意，好像從愛挖苦女同學的高中生轉換成爸爸，在這過程中眼神不小心洩露了罪惡感。

我說出曉宇的提案，明人聽了瞳孔似乎黯淡了二分之一，好像兩個小孩的責任遮住他視界的光，他為難地手肘支著膝蓋低垂著頭看地板，有如死刑犯最終伸長脖子迎向命運性的斷頭臺。

「先聲明，不是我說的。」

「我沒有懷疑你。」

「他們希望寫進離婚協議。」

「他們怎麼知道這種事？」

「跟同學交流情報。有那麼痛苦嗎？你的大象少了二分之一變成小象，我的部分剩下七分之一。雖然不完美但是可以接受吧？」我小心地以柔和的口氣希望他不要拒絕，因為那是曉宇和妹妹的願望。然而明人焦慮地抓起頭髮，彷彿內心的猶豫長出髮絲般的細根把他困住，必須用力拉扯才能擺脫它們。

「我講白的，我能妥協的只有星期天，如果你不想看到我，你可以放棄，把星期天讓給我？」

「我可以……只是……這麼做，我爸媽會不爽。」

我很想直接往他的頭巴下去。「你不是對人沒情感了嗎？還在乎爸媽怎麼想？該不會你只是隨便說說？」

「直到……他們成年？」明人替自己身為人父的角色立下期限。我再次感受到他的無情。「你大概會覺得我……差勁，但……但是……我需要一……一個簡單的……目目標……」

「你放心，也許不用等到成年，他們就不在乎了。」

●

我們在律師事務所簽了離婚協議。當天是星期一，根據協議內容，星期一到星期三我和小孩同住，星期四到星期六換明人。協議即日起生效，因此等到放學時間，我將去接他們回家。

「如果你忙，我不介意幫忙代班。」離開事務所時，我才想到一個漏洞，萬一該明人輪值的時間他沒出現怎麼辦？

「你放心。我爸媽會幫忙，你知道的。」

等電梯時，明人手機響了，我看他拿起手機，好奇地以眼角餘光掃向螢幕，來電者叫寵物天團。只響了一聲，他便默默把它按掉。我心下納悶，寵物天團怎麼會打給明人？他又不養寵物，連帶我們家不養寵物。

「你怎麼不接？」我的潛臺詞是你為什麼不在我面前接？我們都離婚了，幹麼還防著我？

「不想接。」

「寵物天團是幹麼的？」

「就寵物用品廠商。」

「寵物天『國』找你幹麼？你女朋友的貓還是狗死了？」我故意挖苦，明人轉頭以他擅長的冷漠不屑，白了我一眼。

「寵物天團。客戶，找我設計網站。」

「你不是不做網站了嗎？」

「所以我才不想理他。」

兩人一起走去搭電梯，為了分散離婚的心情，我特別注意到同一層樓有一家醫美中心，以及一家專做女客的高級SPA，它們好像在對我說，離婚了嗎？沒關係，走進來重新開始……沒錯，我現在很需要它們。

你先走，我去進廠一下讓你後悔……我很想對明人這麼說。

搭電梯下樓，電梯門闔上後，我想說點什麼，又覺得說什麼都是多餘的。忽然感覺到電梯似乎沒在動，我瞄一眼靠近明人站的右側門邊，果真發現沒人壓按鈕。我閃過明人伸手按了B3，這時明人才意識到自己沒壓按鈕。

「抱歉。」他最近對我越來越有禮貌了。

「如果我們困在這裡死了，別人會不會以為我們感情很好？」

「不會。律師會證明我們剛簽字離婚。」

到了地下停車場，即將各自上車的那一刻，明人和我都有一種不知該怎麼道別的尷尬，最簡單的方法就是逃避，隨便說點什麼盡快轉身走開。

「我走了。」

「嗯。我也是。」我本來也想說我走了，我也是？氣勢弱了。

我坐在賓士休旅車裡，看著明人開著特斯拉從面前經過，往出入口的迴旋車道駛去。我突然很想知道離婚後的他會去哪裡，於是趕緊發動車子跟了上去。

我加快速度追車，轉彎時輪子都擠出尖叫聲了。當我開到一樓出口柵欄處，沒看到明人。一到路上，眼前兩個方向都看不到他的白色特斯拉，跟蹤計畫才剛開始就失敗了。我猜明人大概是回工作室，只是我連工作室在哪都不知道。我想過，也許明人把女朋友藏在工作室，所以他才這麼神祕。

干我屁事！我試著甩掉沒意義的念頭，但其實這比狗甩掉身上的水要難。現在大局底定，該想的是怎麼安排以後的自己，至少得考慮一下，星期四到星期六該怎麼辦？

距離接小孩還有兩個多小時。我開著車，一時不知道要去哪慌了神。市區路上因為塞車走走停停，就在我腦袋出現空白，我聽到有人在後面狂按喇叭，原來是因為我一邊開車一邊哭反應慢半拍，沒辦法我只好打方向燈，慢慢離開車道把車停在路邊，然後趴在方向盤上放聲大哭一場，反正賓士隔音好得很。正當我悲情泛濫之時手機響了，顧不得眼淚鼻涕沾到手從包包掏出手機，我發愣盯著一個我不認識的號碼，一時忘了自傷的情緒。

「喂……」

「您好，我這裡是××銀行，請問您有房貸或車貸需求嗎？」

我聽了把手機從耳邊移到面前，對著螢幕大吼：

「老娘不缺錢！別再打來了！」

●

二分之一人生開始了。

往好處想，從此家裡一半的責任丟給明人，我可以每週自由逍遙三天。這不是挺令人振奮的？

就在我想像眼前是一路暢行無阻的綠燈，突然全部閃起黃燈……

我閃過一個念頭，曉宇和妹妹在明人手裡三天，會發生什麼災難？

我思來想去越是心驚，發現心裡竟沒半點喜悅或期待，就算原本有，也都被嚇得跑光了。或許，本來就沒什麼值得期待的，我失去的應該是更多吧。

我把車開進超市旁邊的停車場，發現自己很難擺脫媽媽的慣性，因為我已經暫停思考獲得二分之一自由要做什麼。我優先考慮的是如何調整購物習慣，這次我只採買三天份的食材，明人那傢伙是絕對不會下廚的，多買了只會爛在冰箱，最後還是要由我收拾善後。

二分之一人生的第一天，是不是為曉宇和妹妹做點特別的晚餐？慶祝他們的提議大獲成功。

我站在冷藏櫃前冒出這個想法，櫃子裡貨架上陳列新進的包裝熟食系列，號稱是和某知名五星級飯店主廚合作推出的，其訴求是可以輕鬆、快速又體面擺出一桌宴客料理。這似乎很適合此刻的我，我今天沒心情也沒力氣煮飯了，有這個就可以為兩個小孩弄點好吃的。

但我很快打消這個念頭，因為不確定自己是想慶祝或哀悼。而且，無論是哪一種，都不適合在小孩面前顯露，更別說是張揚。

我打定主意，就當平常的一天過，何必提醒他們今天這個家裂成兩半。

時間多的是，我推著車在超市貨架間流連繞行，走到零食區時決定多買一些曉宇和妹妹愛吃的點心、餅乾、飲料存貨。當我看到超市正在特價明人愛吃的蛋黃酥，本來想裝作沒看到但卻像被制約地停下來拿起一包，其實我並不想買。

可惜沒有老鼠藥口味，我放回蛋黃酥，抽離的我暗自惋惜著。

回到家，曉宇迫不及待展示他的勞作成果。他做了一張立體卡片，打開第一摺跳出我、他及妹妹去露營，第二摺換成爸爸和他們一起打遊戲，妹妹叫嚷著哥哥把卡片送給她。

我真是白操心了，兒子都把爸媽離婚的第一天做成卡片紀念了，還精心呈現這個家從今以後的雙重生活樣貌。他們不但沒有受到爸媽離婚太大的影響，看起來還樂在其中，這讓我有點小失落。

「你怎麼想做這個？」

「因為前幾天我看麵包超人，你知道麵包超人的座右銘嗎？」

「麵包超人有座右銘？」

「有啊！他的座右銘是把臉分享給別人吃。所以我想做卡片給你。分享！」

把臉分享給別人吃和做卡片給我的關聯性是什麼？我不太明白，但又隱隱感覺到它們有某種連結。

「老師問我為什麼我們全家分成兩頁？」我自顧翻閱著卡片，對自己失敗的婚姻被小孩拿去當創作題材不知所措，曉宇適時補上一句我正在擔心的事。

「你怎麼說？」

「我說爸爸和媽媽以後都週休三日。」

「你講得好像我要謝謝你。」

「不客氣。不過我和妹妹也是有好處的。」曉宇掩不住得意地說。我很想知道所謂的好處是什麼。我看看妹妹，妹妹模仿哥哥的得意跟著附和，顯然他們私下討論過。

「什麼好處？」

「我們也週休三日。」妹妹說。我瞬間懂了，曉宇和妹妹把我當成老闆，我不在家意味著放假，而爸爸是他們的玩伴。

「你們很過分，這樣我很受傷。」我掩面假裝難過啜泣，但即使假裝也會碰觸心裡真實的傷口。妹妹上當即時撲過來抱住我。「媽媽，鬧你的，別哭嘛……」

「騙你的啦！」我雙手有如蛤蠣突然張殼攻擊獵物夾住妹妹的臉，妹妹咯咯笑個不停，曉宇趁勢作亂不斷狂叫大笑，我順勢抹掉跑出眼角認真的眼淚。

「媽，你休息三天要做什麼？」

「那三天你要住哪裡？」

「好問題。」曉宇和妹妹的好奇心輪番上陣，一一命中我的要害，但我還沒有答案，只好以問題逃避問題。「你們怎麼不問爸爸要住哪？」

「不用問啊！他有工作室。」曉宇一臉我們早就知道了，你不知道嗎的得意加同情。我聽了自愧不如又有點懊惱，顯然我思慮不周沒有爭取多一點時間，明人早有準備，我卻進了廚房才開始想買什麼菜。

「你們去過工作室嗎？」

「沒有。」「爸爸不讓我們去。」曉宇和妹妹搶著說。

「你們想辦法叫爸爸帶你們去。」

「你是要試探爸爸的情報嗎？」曉宇賊賊地反問，同時充滿興致地想著該怎麼達成任務。「媽要抓猴嗎？」妹妹直白補充。

「是刺探。」我說。

「哦。」

「你們不是離婚了嗎？」妹妹天真又困惑地看看我和哥哥，她這樣說讓我有點不好意思，好像自己是無聊多事的大人。而且，這樣會不會讓小孩覺得爸爸幹了見不得人的事，把他妖魔化了？

「媽媽只是好奇。」

行禮如儀地陪小孩吃飯、洗澡、作功課、看電視、睡覺，等他們上床後我也累了。洗了澡走出浴室，我瞄了一眼客廳的時鐘，竟然已經十點半了。

是什麼時候夜幕降臨的？時間是怎麼用掉的？我怎麼一點都沒有察覺？不管怎樣，離婚後輪值看家的第一天即將結束，直到此刻，我才有時間感受時間的流逝。

為什麼我突然在意？因為明人走了，剩下我一個大人嗎？

沒有一點睡意。我走到二樓露臺，看著對面鄰居落地窗後的出租廣告，本來期待山上的涼風，沒想到來的只有蚊子。我想到曉宇和妹妹沒有表現出對爸媽離婚有任何負面的反應，完全出乎我的意料，這樣會不會太早熟了？他們會不會把心情藏起來不讓我知道？

越想越心煩，害我很想抽菸，突如其來對菸的渴望讓我有點驚訝，結婚以後我就不抽了，家裡根本沒有那種東西。對了，我是因為明人討厭菸味戒掉的，此刻顯然是來根菸的絕佳契機，從此可以從星期一抽到星期六，拿回七分之六的人生。

這七分之六的意外收獲太吸引人了，我立刻離開陽臺下樓，開了車出門，衝到數公里外的便利商店買一包菸。

我迫不及待在便利商店門口抽了起來，深夜的山上剩下路燈和我身後商店內日光燈還亮著，民宅都沉睡了，連空無一人的公路也是，只有香菸陪著我。

我帶著香菸回家，把它收進臥室化妝檯抽屜裡。雖然不喜歡這樣想，但失敗的我還是找到一樣可以依賴的東西。

臨睡前，我拿出一張紙，試著列出一份清單，標題寫著：二分之一自由三日計畫。

1. 一個人開車旅行。

2. 一個人露營。

3.回老家。

4.找一個二分之一男友，每週同居三日。

寫到第四點，我似乎看到人生來到一個轉角。樂觀地想，一個新的可能即將迎面撞上我。二分之一男友，聽起來不錯……但此時我的想像力到了極限，我再也想不出別的，只好去床上躺著。

不知道是不是因為盯著天花板的關係，樂觀的心情退潮了，我看到自己陷在沙灘軟泥中，雙腳爬不出來的可笑境地。

二分之一媽媽、二分之一女友、二分之一主婦、二分之一自由人……

章魚燒

1. 一個人開車旅行。
2. 一個人露營。
3. 回老家。
4. 找一個二分之一男友，每週同居三日。
5. 住飯店。
6. 睡朋友家沙發。
7. 禪修睡廟裡。

8. 住海生館？

9. 住美術館？

「我們家沙發歡迎你！」方姊來家裡找我，看到三日自由清單笑個不停，熱心認養了其中一項。

「方姊人真好。」我沒想過去住方姊家，上次遇到她的牛郎朋友，雖然我不介意她的自由，但並不打算太靠近。

「你還可以加一條，跟我去牛郎店。」不知道為什麼，上一刻還在嫌牛郎，下一刻就對方姊的邀約有點心動，我實在搞不懂自己。方姊看出我在猶豫，拍了拍我的肩鄭重提醒我。「你有三天不用當良家婦女，好好把握。」

「我比較想看猛男秀。」

「沒問題，我帶路！」

有何不可？反正我自由了，何必又回頭限制自由？

星期三晚上，第一次道別的時間到了，我的清單才列出九項，而且有些構想不太實際，不過反正有時間慢慢想。我和明人約好，交接從星期四早上他來接曉宇和妹妹去學校開始。

我絞盡腦汁，把一些交代事項寫下來貼在冰箱上並叮嚀曉宇和妹妹，像是找不到爸媽時該怎麼辦、每天在Line群組報平安等等。扮演嘮叨個沒完沒了的媽媽時，我觀察曉宇和妹妹是否有臨別的傷感，沒想到他們最關心的是媽媽明天回東石老家的計畫。

「媽媽，我不想去學校，我想跟你回去。」妹妹說。這下我頭大了，沒想到曉宇立刻把她拉過去耳語，「你幹麼啦？爸爸明天要帶我們去抓寶。」

「為什麼不能兩個都去？」妹妹任性到妄想挑戰物理極限。

「你以為平行宇宙啊！」曉宇嘲笑妹妹的任性，沒想到她滿臉通紅瞪著哥哥生氣了。「都是你，什麼爸爸三天，媽媽三天！」

曉宇發愣看著妹妹，彷彿被她的指責定住不動，我心裡暗叫不妙……

「不然怎麼辦?!你以為我想啊？」曉宇不甘妹妹不滿他的點子吼回去，吼完有點後悔又不爽地垂下頭看著自己的肚子，好像那裡裝了很多怨氣。雖然發洩目標是妹妹，曉宇的話卻往我心口重重一錘，我看到曉宇腳前落下水滴，恍然明白自己是多麼糟糕失職的媽媽，沒有想過兩個小孩分擔我和明人因為離異產生的後果。

「曉宇、妹妹……對不起！對不起！都是爸媽的錯……」

曉宇和妹妹都在哭，當然還有我，自責把我壓得喘不過氣，但我同時也鬆了一口氣，他們不再硬撐了……

●

入夜時分，星期四僅剩幾個小時，我沒去嘉義，也不在去嘉義路上。

早上我努力像平常一樣，看著明人載曉宇和妹妹去上學後，我坐上車子，發現我沒有很想回老家。

這不是第一次，每次只要準備回老家，我就會患上拖延症，不管是不自覺的東摸西摸，或是有意識地找理由、想辦法不付諸行動。

下山後，我開車到市區，像個不想去投胎的遊魂在臺北坐了三間咖啡店，看了一場電影，白白耗掉大半天，並未因為咖啡或電影獲得療癒，反而有東西頑固卡著。就像人家說的，驢子出去旅行，回來不會變成馬。咖啡和電影就更不用說了。

我心裡有一頭驢子，也許是更占空間的大象。我沒辦法放下心就這樣走了，還有因為我想到對面鄰居那塊出租廣告。

我考慮了近一整天，最後下定決心把車開回社區，偷偷摸摸繞進防火巷，站在待出租的空屋後面。抬頭一看，很幸運地，空屋的窗型冷氣封口只是一片薄薄的塑膠板。

我未經同意從某戶人家借來一個大型垃圾桶墊腳，利用撿來的生鏽園藝鏟撬開塑膠板，一邊在心裡咒罵自己是神經病一邊鑽進屋內。室內出奇地乾淨，殘餘著可有可無的廉價家具和集中陳放的掃把拖把及清潔劑，地上映著院子歪斜的樹影，好像只有它們住在這裡。

前一刻全靠一頭熱，進了屋我才知道害怕，擔心屋裡有人。半透白紗窗簾透著從我家投來的光線，我走到窗邊掀開紗簾一角，揣想萬一有什麼事就推開窗戶朝著我家大叫救命，社區大部分時間都很安靜，一點聲音都是超大的動靜，這條自我壯膽之計讓我安心不少。

我放輕腳步踏上階梯走上二樓，很快找到面向自家的和室，出租廣告貼在觀景窗上，正好可以拿來掩護藏身。角落放了一堆被遺棄的絨毛玩偶，有點恐怖片的氛圍。不管了，我迫不及待雙膝跪坐拿出曉宇的望遠鏡，忍受著發霉的草蓆味，在陰暗中眼睛不離望遠鏡掃視目標，首先發現前夫下樓拿披薩外賣，可笑的是我突然懷疑這麼費勁做這種事的意義。

不出所料，丈夫只會買垃圾食物一味討好小孩。吃披薩沒什麼好看的，我從背包拿出泡麵和裝了便利商店熱水的保溫瓶，準備同樣是垃圾食物的晚餐，一邊又忍不住拿起望遠鏡窺探。父子吃完披薩，就一刻不間各自戴上VR眼罩，三個人像瞎子雙手對著空氣比劃、走動，我完全看不懂他們在玩什麼，只確定他們正沉浸在沒人管的歡樂世界裡，我一不在他們就變成戴著眼罩的傻子，早就忘掉早上揮別媽媽時的依依不捨。

看來只有我在不捨，真是悲哀了。尤其想到我躲在空屋裡吃泡麵，還望著一幕就在眼前卻無法參與的家庭生活。我故意Line明人，又在群組提醒曉宇和妹妹作功課，但明人和小孩都沒回，他們繼續盲目沉浸在另一個世界，我根本不存在。

我放下望遠鏡，懊惱地拿起擱在眼前吃了一半的泡麵，而身上始終有地方覺得被蟲叮咬逼我放下碗抓癢，不禁連連暗罵自作自受、笨蛋。此刻，我早應該身在嘉義了，都是因為擔心、好奇、不甘失去家中一席之地放不下。

平放在榻榻米上的手機螢幕亮了起來，黑暗中看起來好像電影裡的月光寶盒啟動準備提供穿越時空服務了，我看到前夫回了訊息，短短兩個字：了解。

我再次拿起望遠鏡，看到明人真的放下ＶＲ，貌似和小孩討價還價遊戲該結束了，進入下一個行程。看來雙方達成協議，明人起身走進書房很久沒出來，小孩不甘願卸下眼罩到餐桌打開椅子上的書包拿出作業，我也決定看夠了。

我把睡袋和睡墊移到遠離玩偶的靠牆角落，睡袋當腰靠半躺著，環視了死寂無聲的空屋，警覺地聆聽著屋子內外的動靜，幸好連風沒都有。

此刻我不害怕了，其實有點類似在家裡露營，曉宇和妹妹的最愛，但同時覺得自己莫名其妙。

往後的二分之一人生會不會就如此刻？一個人在陌生的地方露營？

因為沒事幹，我開始用Line和阿尼聊天，告訴她自己離婚了，不過省略了我正躲在住家對面的空屋的事。我還不想講，很丟臉。離婚重獲自由的第一天竟然發現自己無法離開？一個人闖入空屋過夜監視前夫小孩還跟朋友Line？你真是怪咖……我可以想像阿尼會怎麼說。

真的滿怪的，不過幸好有手機，幸好有人可以聊天。我突然意識到身處在這個同步通信至上的時代對我這樣的人的好處，然後我想到明人，這傢伙也是適合這個時代的人，從頭到腳都是……

打了一個無聲的哈欠，我反射地用手遮住張大的嘴，不過我馬上想到屋子裡沒人會介意。

我好像很久沒打哈欠了。我喜歡無所事事，打個長長哈欠，好像鯨魚張大嘴要把空氣都吸走的慵懶倦怠感。現在前夫、小孩在對面且不關我的事，這種感覺似乎回來了。

猛然注意到周遭更暗了些，映入室內的光變少了，我湊近窗邊張望了一下，原來家裡的燈都關了，整條街大概只有我醒著。

我從包包掏出菸，用打火機點燃菸頭的那一刻，看著夾在指間的香菸在黑暗中有如在遙遠太空中燃燒的星火，想起高中的時候和同學躲在大樓天臺偷抽菸的愉快回憶，卻想不起那些同學的名字，也不知道她們的下落。然後我想起蜜月旅行去清邁騎大象，象主兼嚮導教我向大象合十雙掌禮敬，再踩著牠跪地的膝蓋爬上牠的身體。我有如高高在上的公主坐在大象背上，一路不停對大象說著什麼的嚮導帶著我和一群遊客穿越熱帶雨林。但是明人對這一切不感興趣，他留在村裡唯一有網路的遊客休息站吹冷氣，因為他不騎大象，拒絕騎所有的動物，這是他的理念，由於他的理念讓好好一鍋蜜月旅行掉進一顆屎……

所以，老娘勢必要自己騎著大象勇闖森林了……

明人應該不記得這件事吧？我卻清楚記得當時騎在象背上準備出發的心情，我好幾次回頭張望，期盼會看到他後悔跑來跳上某一頭大象，但是並沒有……

明人的大象是這麼來的？我為什麼沒有在蜜月的時候說我們離婚吧？是因為除此之外，那時的他其實對我很好，訂了最高級的飯店、帶我上高級餐廳、願意陪我在曼谷逛街？權衡優缺得失之下，我替自己和他找了理由，他還是很在乎我的，他哥哥過世不久，他還沒走出那個陰影，沒心情為了我騎大象……

今天晚上不會被小孩吵醒了，也不用早上六點起床，唯一要擔心的是早上會不會有人來看房子，應該不會吧？

老娘要騎著大象勇闖森林了……我眼皮漸漸沉重不支，感覺像坐在搖籃裡，在令人發睏沉醉的晃晃悠悠中，我瞇著眼看到林間比人高的長草一一向兩邊讓開倒下，大象的腳步像踩著低沉的鼓點緩緩移動，把我獻給黑暗的森林……

●

「小姐！小姐……」

睡夢中聽到頭頂上方有男人的呼喚聲，我猜應該是在叫我，聲音滿親切的，不像明人更不是曉宇……不會吧……我猛然睜開眼，覺得有點刺眼，逆光下一個晒得很黑、戴耳環，穿著西裝的年輕男人站在和室外苦笑看著我，手上拎著一塊薄木板。

「你……想幹麼？」我從睡墊上跳起，但還沒完全清醒。

「你是呂小姐？住對面的呂小姐，對吧？我是仲介小廖。」

糟了！居然是認識的。「對不起！我馬上走。」我慌忙起身收拾東西，心想真是糗了，最不想發生的果然都會發生。「有人要來看房子嗎？」

「沒……你慢慢來。」

我鬆了一口氣，但同時也納悶起來。「那你怎麼跑來這裡？」

「我來換牌子。客戶決定不租了，要賣掉。」

「原來如此。」我心想就有這麼巧的事。「你的客戶？」

「對啊！」小廖爽朗笑開。「呂小姐，不好意思問一下，你怎麼會在這裡？」

他終於問了。我考慮著真實或謊言。「我跟朋友打賭。」

「看來你輸了。」小廖又笑了，是真心被逗到的笑法。

「哈哈……是啊！」

「呂小姐，不好意思，我怕萬一遇到屋主就不好了，所以拜託……下不為例！」小廖彎腰鞠躬雙手合十誠心請求著。

「我才不好意思，最後一次！保證不會再犯！」

我抱上家當下樓，小廖跟在後面。「您還是從後面離開……」

「好！謝謝你。」我急著想趕快逃離，走到門口突然想到一件事。「廖先生我想請你幫個忙……」

「您請說。」

「不要告訴別人！拜託！」我雙手合十懇求，小廖會意笑著，手放到嘴邊往右一拉示意關上拉鍊。「沒問題，呂小姐有機會幫我介紹客戶。」

「沒問題。」

小廖站在門口目送我，我可以感覺到背後有人在偷笑，因此越走越快。我掏出手機，發現現在才七點，這仲介會不會太認真？正要走出屋側防火巷，看到一輛很眼熟的保時捷休旅車停在家門口，安可從駕駛座下來，然後是明人，我趕緊縮回巷子，側身後背貼著房子外牆。

親眼目睹安可入侵領域，我本能地全身毛都豎起來，本想拿出手機蒐證，但理性告訴我一切都太晚了，只能說明人和安可都是不動聲色的說謊好手。

望著兩人走進家門，我在心裡對他們嗆聲：別告訴我你們只是朋友，沒有朋友會約早上七點，除非是早覺會的老人。我馬上想到第二個選項，去按門鈴，然後給他們一個來自第三者的驚喜，不，應該叫局外人，我現在連當第三者都沒資格。

我走了一段急降的下坡路，左轉繞到隔壁街的路邊停車位找到自己的車，心裡憋屈到想找點什麼發洩一下，像是去刮安可的車、朝家裡丟石頭，但如此幼稚的點子我實在提不起勁蠻幹。於是我站在車門邊想著我該怎麼做，或許我應該就這麼算了，上車趕快離開這裡，朝自己的目標奔去。但不甘心又讓我動彈不得，沒辦法帶著想殺人的心情平靜地往前，那樣我很有可能把賓士當遊樂場的碰碰車開，但現在賓士可是我的容身之所。

我上了車，開車右轉上坡，看到安可的車時，我打方向盤斜插越過對向車道直接往保時捷衝過去，眼看賓士車頭即將對決保時捷車頭，直到行車電腦發出碰撞警示我才恢復理智猛踩煞車。

我甩了車門下車，不管車子是否擋到車道一鼓作氣往家門衝去，氣勢很像黑社會在街上堵人。

就算是輸了，也要知道是怎麼輸的。我滿懷上門討公道的心情按下門鈴，突然想到自己有鑰匙，但鑰匙放在包包裡，包包在車上，我再次受不了自己。正想回頭去拿，這時門開了，安可站在門後，出乎我的想像，她穿戴整齊、氣定神閒，只是魚尾紋因為看到我很驚訝，輕微地抽動了一下。

「正芳?!」

「我可以進去嗎？」我不想多廢話一句，但卻發現自己這麼問接近廢話。

安可聳聳肩，像是回應廢話的笑讓出路，「這不是你家嗎？」

我走進家裡，沒看到明人。我預期他在書房裡，考慮著要不要直接殺過去。

「你怎麼會在這裡？」

「明人，正芳來了！」安可聽而不見，沒有正面回答問題，而是朝書房喊了一聲，然後依然用微妙的笑看著我，好像我沒穿衣服闖入別人家裡。

明人出現在書房門口，看起來一身病容疲態，連站都有點吃力。臉上木然說明了他對我到來的反應。

「你怎麼了？」我以同等的木然回應。

「急性腸胃炎。昨晚半夜掛急診，我請安可載我回來。」

我的目光掃到廚房中島上放了三個釘在一起的藥袋和一杯水，彷彿明人的無聲證人。我知道自己糗了，「曉宇和妹妹呢？他們怎麼辦？」

「早上我爸幫我帶他們去學校了，下午他會去接他們。」

明人和安可先後坐到沙發，一起看著我。我只希望他們不要問：你不是昨天就去嘉義了嗎？最好是找個藉口趕快溜，我想。

「我拿個東西就走。」我低頭一個箭步往廚房去，管不了藉口合不合理了。我繞到中島後面蹲下身打開下層廚櫃，先將一些瓶瓶罐罐移出，最後雙手把心愛的雪峰章魚燒鐵盤捧出來。收拾一番後起身，明人和安可都轉頭看我到底在忙什麼，只見我將一塊黑色鐵板緊緊地抱在胸口。

「你忘了什麼？」明人問。

「章魚燒鐵盤……」我暗暗佩服自己找藉口的能力，故作輕鬆走了出去，讓明人和安可一臉困惑。

「我走了。打擾了……」我還是憋不住加了一句來自局外人的酸言酸語，安可的酸臉試紙立刻驗出我的敵意暗示，嘴角掀了一下，轉頭朝明人看了一眼似乎期待他反擊我，但明人無動於衷。

「讓你失望了……一點都不打擾！祝你玩得愉快！」安可同樣話中有話，我聽出來的意思就是你快點滾吧……

●

後車廂門自動打開，幫我擋住雨。我看著整齊擺放塞滿空間的露營裝備，感到一種即將展開自己的世界的滿足。

中午上山路上突然下起雨，到了營地剩毛毛雨，我動手把裝備搬出來，把握小雨的空檔盡快搭好帳篷。

為了章魚燒鐵盤，我改變南下嘉義的計畫，帶著沒回家小小的罪惡感，在苗栗南庄山區找了露營地，中途準備好章魚燒的材料，還特地費事繞去漁市場買章魚腳。

我打算晚上做章魚燒，再拍影片給曉宇和妹妹看，讓他們羨慕，作為我真正出發上路的宣言，不再和不甘心的我、放不下的我繼續糾纏。

我先展開連接車子的天幕，再動手搭好帳篷，然後架好餐桌椅，布置烹調裝備和餐具。此時雨勢加大，雨滴有如沉悶的鼓點落在天幕上，我拉了一把露營椅展開坐下，環視著包圍我的各種小器物，包括差點被我忘記的章魚燒鐵盤，頓時感到踏實多了，即使外頭的雨似乎越來越不適合露營。

我穿上黃色雨衣，頂著雨拎上桶子越過草地到營地洗滌區提水，遠遠看到營地主人走出披薩小屋朝我揮揮手打招呼，一隻邊境跟在他後面，同情地朝我望了一眼便跳上車走了，我猜他們應該不會回來了。營地只有我一個客人，主人索性披薩店也不開了。無所謂，反正營地主人的披薩不怎麼樣，雖然他在菜單介紹中號稱搬到山上是為了用自種食材做出炭燒窯烤披薩，但水準和街上連鎖店賣的差不多。

辭掉會計師高薪工作，辛辛苦苦把披薩店開在山上勉強支撐究竟有什麼意義？我一定是因為一個人腦袋太閒，才有時間為營地主人的垂死夢想感到悲傷。

其實，我是為自己死透的夢悲傷。很久以前我很愛幻想我和明人上山下海去露營的生活。結果呢？我和他的婚姻就像營地主人的披薩無法在山上昇華，不過就是和多數人一起爛大街的水準。

看著營地主人的車開走，我的視線回到彷彿進入休眠狀態的披薩店，發現店裡還留一盞燈亮著，大概是主人刻意讓它在夜色降臨時陪伴落單的客人，我霎時後悔對他的評價太苛薄。

或許他已經很努力做了一切，但結果就是不盡如人意。

我掛上煤油燈，把Marshall手提音箱拿出來，連結手機播放音樂，然後開始準備煮咖啡，這時一隻莫氏樹蛙跳到水桶蓋上，和咖啡色水桶很搭。我想起第一次帶曉宇和妹妹去露營，明人為了一隻青蛙混進帳篷嚇到逃回車上睡。

一個人露營很無聊。我承認。不過幸好買了好多自己喜歡的裝備、器具，像在玩高級家家酒，它們充實了無聊，無聊變得比較可以忍受了。

露營的精髓就是沒事給自己找事做，剩下的空閒喝個咖啡、看著雨發呆，我還看了一集「自言自語的圍裙」，這是專門給獨居的年輕人看的料理節目，內容是演一個年輕女孩的料理生活。此刻的我看了特別有感覺，我把自己投射到女主角身上，毫不懷疑那就是現在的我和未來的我，雖然我已不年輕了。

看完料理節目，期待章魚燒的心情似乎更熱切了。我啜著熱氣升騰的咖啡，只有在山上的冷空氣助力下才看得到這種彷彿咖啡顯靈的氛圍，因此感覺特別好喝，當然，跟山泉水也有關係。

如果咖啡真能顯靈，一個人露營就算無聊也無所謂了，連圍裙都可以自言自語了，一個人又有什麼問題呢？

想到無聊，我又想到明人。記憶好像控制了我，把我拉到一家面朝漁港的海產店，裡面坐滿餓壞又吵死人的遊客，每張桌子都吃得杯盤疊陳，沒人在意海產店有一面電影螢幕比例的觀景窗對著漁港碼頭和陽光藍天，除了明人。當我忙著照顧兩個小孩吃喝，我偶爾發現他不像我們和其他人低頭專注在滿足口腹之欲，而是不時停下筷子凝望窗外，順著他的視線，我看到沒有船停駐的空曠碼頭有一個留著蔚藍色短髮，身穿短袖白襯衫套著一襲天青色吊帶洋裝的年輕女孩往海的方向走去，不時停下腳步望著海，像是不存在現實的人。那時我對他分神看別的女人當然不爽，沒好氣地問他好看嗎？被我這一問，他的白日夢泡泡瞬間破滅了，不情願醒過來的他茫然面對眼前無聊現實的妻子、小孩以及喧譁的食客們……什麼？我在想事情……他說。

他說謊。但我不知道為什麼。只是有一種印象，他離我們好遠。

擺在鋁桌上的手機響了，那聲音像是冷不防用力推了我一把……

發覺是安可打來，我不想接，鈴聲聽起來特別頑固刺耳。終於鈴聲斷了，我剛以為逃避成功，電話立刻又響起，同樣是安可。這女人到底想怎樣？我都逃到山上了她還不滿意？看在她打來兩次的份上，我勉強接起。

「正芳，是我。」

「我知道。」

「方便說話嗎？」我心想方便得很，只是不太想理你。「你說……」

「你知道明人改名字嗎？」

「改名？」你是打來比賽你知道的比我多嗎？好啦好啦，都給你贏好不好，我心裡犯著自暴自棄。「我不知道。」

「他改名叫瑞文。」瑞文？明人不好嗎？我記得公公解釋過明人名字的意義是望向明天的人，他認為人要多看明天，少看過去。真是諷刺，公公自己就活在過去。我滿喜歡明人這個名字，想當初這也是明人吸引我的原因之一。

「為什麼要改這麼普通的名字？」

「我也這麼問他，他沒回我，大概是懶得說。」

「說實話，他要改叫鮭魚我也不在乎。說不定他是為了慶祝離婚成功，換個名字重新做人。」

「嗯，後來我知道為什麼叫瑞文了……」安可說起今天清晨接到明人電話，得知他在急診室，她從家裡拿了一件乾淨的 T-Shirt 趕到急診室，當明人換下沾到嘔吐物的上衣，她瞥見他後背紋了大片黑鴉鴉的刺青，看起來是鳥的翅膀，有細緻的羽毛細節，彷如背上那一片刺青一動，下一刻明人就會變身成一隻巨大的黑鳥飛走。

「他說他刺的是渡鴉。」

「所以呢？」聽到明人身上有刺青，雖然吃驚但已經不至於太難過，我依然是最後知道這件事的人。這意味我很久沒看過明人赤身裸體了。不幸的是，我竟然直到這一刻才認真想到這件事。

「你為什麼要跟我說這個？」

「瑞文，RAVEN，渡鴉。」

「哦。」我很想笑，這不像明人的作風，同時因為英文不好加缺乏冷知識再次感到被安可羞辱。

「我看不出來他會做這種事，不過你比較懂他。」

「我也不懂。你知道渡鴉的含義嗎？」安可停頓了一下，但料定我不會知道便直接解釋了。「雖然含義很多個，但最重要的一個是彼岸。以前的水手看到海面上空有渡鴉徘徊，就知道陸地不遠了。」

「那不是鴿子嗎？」

「鴿子是《聖經》的故事。」

「哦。原來如此。」我抬頭望著從天幕布邊滴落的雨簾，更遠處的草地和山全籠罩在雨霧湮氣之中，突然覺得自己大老遠跑到山上，唯一做的就是坐在天幕下上著安可關於瑞文的電話函授課程，我衡量著自己的心情，知道明人去刺青的訊息對我有何意義？我寧願安安靜靜聆聽清冷單調的雨聲，欣賞眼下有竹節蟲彷如輕艇划過水面的積水草地。

「這些都跟我沒關係了。」

「我知道。我說這些，是因為你們還是一家人，至少是二分之一，對吧？我發覺他變得怪怪的，所以想還是告訴你一聲比較好。」

「怎麼個怪法？」

安可遲疑了一下。「上次跟你見面後，我曾經找過明人，本來以為你們離婚後我們可以恢復以前那種關係，結果我發現他很冷淡。」

我很想回一句：你這個賤人，不理你就是怪?!但又把話吞回肚子，可惜我和她既非太好的朋友亦不是恨到入骨的仇敵，不適合這麼直白坦率。

「你不是說你對他沒有性幻想了？」

「你盡量挖苦吧！我的確是很賤！」

「你說他怪就因為這樣？」

「還有。他跟我說他每週捐六十塊美金給烏克蘭某個前線部隊，那個部隊的士兵會為他在迫擊砲彈上寫『Love from Taiwan』發射給俄國軍隊同時拍下影片。很怪吧？」

雖然我也支持烏克蘭，但這麼特別且有規律的支持行動，我卻做不到。

「他為什麼要跟你說這個？」

「我想，他覺得光榮。感覺遙遠的事才是他關心的，大概是我無法理解的熱情吧……」

安可顧自說著，我聽到有點失神，因為我一邊動手拿出章魚燒要用的食材。說實話，我對這類明人的自以為是實在厭煩了。

「屁啦！」我爆了一聲粗口，潮溼的空氣似乎震動了一下，甚至感覺山巒隱約反彈回音。很奇妙，在只有我一個人類的山上營地說粗話特別帶勁。「狗和小孩也有無法理解的熱情好嗎？」

「這樣說也沒錯……我告訴你，我知道他的工作室在哪了。我跟蹤他……」

「我怎麼覺得你比較像他老婆？」我尷尬苦笑著，不過反正安可也看不到。我心想安可搶先做了我很想做的事，她又贏了。「結果呢？」

「保全攔住我。連電梯都不讓我搭，說訪客要住戶同意才能上樓。」

「門禁森嚴必然有鬼……」

「我也這麼認為。」安可說。兩人難得有共識。

●

知道在哪又如何？我很想心情放空，什麼也不想，看著灑出的柴魚片在逐漸成形焦黃的章魚燒上面因受熱扭動跳舞，然後一一將它們翻面，但偏偏我和章魚燒之間，不斷有惱人的渡鴉啊迫擊砲彈啊飛來飛去。

我發現有一顆靠近火源的章魚燒一面焦黑了，我想到明人的背會不會也是長這樣？

為什麼會有人每週捐錢到遙遠的地方請人代射一發砲彈？為什麼明人不是把錢捐給離他比較近需要幫助的人？我很難理解。

雨停了。我一邊將章魚丸子輪流翻面煎，一邊把豆腐、三記魚餃、基隆蛋餃放進味噌湯。什麼魚餃、燕餃、皮蛋之類的是明人最討厭的加工食品，平常要背著他偷吃，這次我特地買來當作慶祝離婚的儀式。反正明人都改名慶祝了。

水滾之後，我再補丟一把柴魚片。柴魚片太好用了，做什麼都能加，受歡迎程度比自己強出太多。正當被柴魚片勾起傷感，我注意到營地主人的披薩店雨廊下來了一隻淋溼的白色土狗朝我望著，鼻喙不時像在拉釣魚線上下晃動，顯然聞到食物的氣味。

我把拍好的章魚燒影片傳到群組，果然引來曉宇和妹妹的羨慕，要求放假時帶他們去露營。群組對話很快結束，因為爸爸到課輔班接他們了。

我從冰桶拿出啤酒，坐下來準備開始一個人的晚餐，這時我才意識到我習慣性地做滿全家分享餐二十四顆章魚燒，一個人根本吃不完。

幸好有小白。我端著鐵盤分裝一半的章魚燒，送到雨廊下。小白看我過來先是躲到屋外一角考慮要不要逃走，發現地上有食物很想靠近但又顧忌陌生人類躊躇不前，我只好走開回自己的地盤，一走遠，小白立刻衝到章魚燒面前發起迫不及待的吞嚥。

雨廊水泥地傳來小白意猶未盡推動鐵盤的嘎嘎刮地聲。我頂著飽意坐在露營帆布椅上掀開上衣看著肚子的游泳圈，心想若要交男友可能需要減肥，做一下重訓之類的，但想到減肥、重訓就累，像方姊那樣花錢找牛郎輕鬆多了，沒人會嫌你是老是醜是胖還是個性不好，更不會拿什麼大象問題難為你……

夜色悄聲降臨。雨又開始下了，而且越下越大。天幕很快像灌水的氣球向下沉墜，整個營地變成積水的溼原。我動手拆下天幕一側洩除水壓，看來是不可能睡帳篷了。我關上後車門，把後排座位放倒，布置好安身的床。

躺在車裡，落下的雨點打在車頂讓我想起結婚前在市區租房子，公寓樓上小孩很喜歡玩彈珠，一天到晚都可以聽到彈珠掉落地板的嗒嗒聲。此刻我並不覺得吵，反而什麼也不想地聽著雨在地面和車頂、樹間落下、反彈、聚集、流動的各種聲響，幻想自己是一臺錄音機，就這麼一直躺著錄音。以前，我也曾幻想過，明人會和我一起躺在車裡聽雨，但從未實現過。或許，這就是我和明人最大的歧異。

曉宇傳來影片，畫面是邊走邊拍一條在密集民宅之間的狹窄暗巷，車道兩側到處站人，每個人都僵立不動低頭專注看著手機，螢幕的光映照他們的臉，彷如信徒等待著神靈之光，又像殭屍著迷於電磁之力。鏡頭一帶，我看到明人和妹妹也在人群當中，不知道他們在幹麼。曉宇說爸爸帶他們去抓寶，影片中的人都在等著抓寶。他們剛抓寶完回到家，曉宇用影片向我報平安。

抓寶就是捕捉寶可夢的口袋怪物，一個屬於父子三人的旅程。我想起曾經在行進的公車上遇到前頭座位有三個乘客一路上忙著滑手機抓寶，似乎公車路線上到處都是我看不到的怪物寶貝。

利用上床時間，妹妹要求三人Line群組視訊。我看到兄妹躲在漆黑房間裡用手電筒照著自己，他們則看到媽媽躺在車裡。我把話題拉回到真實生活上。學校怎麼樣？功課進度？明天上學要帶的東西是否準備？兄妹倆對媽媽的各種耳提面命都以駕輕就熟甚至顯得制式的答案回應，我感覺空氣中隱藏某種情緒，直到妹妹終於忍不住顯露出來。

「媽媽，我好想你。」

「我也想你們。今天星期五，明天就星期六了，我們很快就見面了。」

這樣一講，星期日不遠了，對此我竟有些激動。

星期日，將是我和明人離婚後第一次共處，我沒有任何期待，只是一個想念小孩的媽媽，而明人或者說是瑞文，是與我無關的人。

以後我們就像只在星期天上教堂時遇到的人，因為小孩坐在一起。好奇怪的感覺……

視訊結束。我一時心情難以平復，仰躺著舉直手臂抓著手機，腦海中不斷出現那三個沿途豐收寶可夢的公車乘客，明人、曉宇和妹妹也加入了，而我一無所獲地看著手機。

手機黑沉沉的螢幕像是我眼前一個洞，一個長方形的洞，曉宇他們在洞裡，我在另一個洞。

明人說我們就像住在大象肚子下面四隻腳之間，現在車子就是我的大象，而且我沒有別的選擇。

明人、曉宇和妹妹手拉手，一起前往我無法到達的地方。

沒關係。

沒人看見我，我也要好好過日子。

就算露營遇到下雨。

就算他們都去抓寶可夢。

我在心裡鼓勵自己。然後閉上眼睛。不一會，我又睜開眼睛坐起，望向披薩店雨廊。

幸好，小白還在，牠蜷臥在門口的腳踏墊上睡覺。

●

中午下山上了向南的高速公路，天氣放晴了，彷彿壞天氣都留在營地上頭。

我開到休息站，太陽大風也大，讓我想把昨晚到早上都還溼著的營帳拿到停車場旁邊的草地晒乾。

快到臺中了，再一個多小時就到嘉義，我想到可以晒在老家前的空地，那裡平時晒蚵殼、漁網，但營帳會不會因此留下魚腥味？

想到老家，總是先想起比記憶強烈的魚腥味。

上了廁所、吃了點東西，買了飲料和零食，我回到車上，心裡擔憂著營帳的問題，不晒會有霉味，晒了有魚腥味。

啟動引擎準備重新上路，想到將繼續朝老家奔去，我竟需要鼓起勇氣，一種熟悉的感覺又來了。

二分之一的我在抗拒。事實上，從南庄離開後，沿路我都在逼迫自己向南走。很多年了，對我來說，老家變成只是每個月寄錢回去的地方。說來可笑，我敢一個人露營，回老家這件事卻是光想到也會令我卻步。

老家有癱瘓成植物人的爸爸，還有相信爸爸有一天會醒來的媽媽，為了支持媽媽的信念，我必須寄錢給她，不然媽媽會說難聽的話，像是你就巴望你爸快點死嗎？說起來，老家也僅剩下二分之一了。另外二分之一的爸爸在哪裡？我不知道。

好奇妙，難道二分之一是我的人生主題？回去的話，要說實話嗎？要讓媽媽知道我離婚了，以後一週有三天自由，她會不會叫我回去三天幫忙照顧爸爸？我越想越害怕，害怕到車子依舊在休息站停車場，檔位還在P。

手機響了。我聽到它在包包裡悶聲狂叫，趕快扒開袋口手伸進去撈，曉宇？明人？安可？

手機螢幕顯示：阿尼。

「阿芳，有一個工作機會，包吃包住……」

雖然可恥，我很高興抽中一張回頭往北的機會卡，逃避有理，暫時不用逼自己回老家了。

●

我到林口載阿尼的男友大富，當他坐上副駕，希臘雕塑感的臂膀超出椅寬，讓我第一次覺得車很小。

業主住桃園，是大富的叔叔，一個人住，想找個管家兼司機，必要條件是喜歡狗。大富在車上向我簡報了一下。

「我是喜歡狗。可是，我只能做三天。」

「我叔叔要我幫忙找可以信任的人。我想，時間可以談。」

「你確定？」我對自己半調子狀態有點擔心。

「我叔叔其實不喜歡跟別人住，這次是逼不得已的，我跟家人好不容易才說服他。你知道他為什麼最後答應了嗎？」

「狗嗎？」

大富笑了起來。「你猜對了。他說他是為了狗。」

「他養很多狗嗎？」我心下惴惴，那種家裡都是狗的情景滿嚇人的，更別說味道了。

「只有一隻，哈士奇。」

「那還好啊！」我聽了放下心，狗不會是大問題，就算牠會拆家，拆的也不是我家。「你怎麼會想要找我？」

「我叔叔不想找陌生人。因為你是阿尼的朋友，我叔叔很喜歡阿尼。」

「所以阿尼有幫我加分的意思。」

「沒錯。」大富笑得像個爽朗的小男孩，雖然我對他一身很占空間的肌肉不太習慣，不過我慢慢知道阿尼為什麼喜歡這個人。

到了市區幹道一棟很老派裝飾風格的豪宅大樓前，大富讓我把車停在路邊，然後打電話給叔叔。過了一會，一個穿著西裝帶無線電的年輕男子恭敬地小跑步來到車門邊，問我們是不是余董的客人，確認訪客身分後給大富一張停車場感應磁卡。

車子進入停車場，另一個穿西裝的男人引導我們到停車的位置，停好車後那個男人立刻小跑步到車前，帶著我們走到電梯間，電梯來了幫忙按好要去的樓層，最後在電梯門關上的那一刻朝著我們鞠躬。

「我每次來都很不習慣……」大富苦笑。

「每次回家感覺好像經過很多員工。」我附和著，大富叔叔好像住在眾人護衛的城堡裡，我將去會面的，是一個坐在王座上的老人，其實我滿擔心的。

「不過我叔叔是好人。」大富試圖讓我安心，但天知道，好人也是有很難相處的。不過，我心裡有一種運勢從谷底上升的趨向預感，可能是因為我有期待造成。按我的理解，這工作不是很傷腦筋，要回社會去跟人拚搏競爭那種。

電梯在十五層打開。大富熟門熟路往右一拐就到了，按了門鈴。我朝左張望了一下，是一大片觀景窗，一層只有一戶。

「梅姨。」

「大富，好久不見。」門打開，一個銀髮秀氣嬌小的女人請我們進門。「余先生，大富跟他朋友來了。」

大富的叔叔同樣一頭白髮背對著透光的落地窗安坐在厚實的米色布沙發上，沙發呈ㄇ字形排列，大概可以容納十個客人一起坐。因為客廳很大，我感覺叔叔沒聽到女人的聲音，沒有反應。

「叔叔，我來了。」大富刻意大喊，像是配合超大的房子。

「大富啊……」整個人像由幾個大小不一的圓球黏在一起有如金魚的叔叔伸出短胖的手，像在探索正朝他靠近的大富，大富輕握一下他的雙手放開，任由叔叔繼續用手觸碰身體確認。「你是不是變大隻了啊？」

「沒有啊！一樣大！我帶我朋友正芳來看你。」近看之下，我發現叔叔的目光無法聚焦在面前的大富身上，瞳孔混濁無光，恐怕已接近失明。

「叔叔好。」我刻意用肚子發力放大聲音。

「你好。坐……」叔叔攤手準確指向旁邊的沙發位置。梅姨離開了一會，捧著茶盤再次出現。我打開茶杯蓋，聞到紅茶的香氣，茶杯旁邊還擺上一碟綠豆糕點心。為客人奉好茶，梅姨後退了兩步，目光低垂不看客人也不看大富叔叔，像是刻意和我們保持距離。

「余先生，沒別的事的話，我先走了。」

「沒事了，你走吧……啊，等等，麻煩你把波吉放出來。」

從梅姨緊繃的神情舉動，我感覺大富叔叔和梅姨之間存在著莫名的緊張感，不過我沒多想，因為我比較關心波吉這個名字，竟然和方姊的狗一樣。

梅姨依言往屋後去，過了一會一隻長相秀氣的哈士奇衝到客廳，看到有陌生人完全不介意，先在主人腳邊撒嬌，再試聞了一下兩個客人，我摸摸牠、拍拍牠的屁股都沒意見。社交儀式結束後，波吉便在家裡四處玩自己的，最後在跑步機上快步走，我和大富都有點驚訝。「波吉好乖！」

「跑步機有自動感應……」大富叔叔笑著解釋道。

我看到沙發間放著巨大檯燈的邊桌上有一個相框，略為褪色的照片是年輕的大富叔叔和一隊拉著雪橇的哈士奇在冰原上合照，他那時還沒變金魚。「我叔叔在阿拉斯加的銀行工作很多年，銀行贊助當地的雪橇馬拉松大賽。」大富說。

「哈士奇是我的阿拉斯加記憶。」叔叔悠悠地說。我心想，哈士奇在冰原應該比較快樂，至少不需要跑步機。

「叔叔，正芳會做飯也會開車……」

「我不是說不用了嗎？」叔叔一改剛才的和藹親切，一如劇情任性反轉臉色拉了下來。我看了大富一眼，他困惑地伸手捏著下巴，好像要防止它掉下來。

「叔叔，我爸不是……」

「我有梅姨照顧就可以了。」

大富不放棄，很想幫我促成工作。「梅姨年紀也不小了，她拉不動波吉吧……」

「你不用擔心，她力氣很大。」

「叔叔……」

「別說了！正芳小姐，不好意思，害你白跑一趟……」

「不會不會……」果然，國王都很善變。

離開叔叔家，大富在車上立刻打電話給爸爸，投訴叔叔反悔不認帳，結論是叔叔老番顛了。大富爸爸說他再打去溝通，但大富認為只是徒勞。

我在旁邊聽大富向爸爸抱怨，心裡只是想笑。反正原本的計畫是回老家，但我又不想回去，沒收獲也沒損失什麼。

「那你今天打算怎麼辦？」大富抱怨完了，一臉歉意。他的問題好像是在關心不問明天的亡命之徒。

「今天啊……」考慮到現在回嘉義，屆時都晚上了，媽搞不好上床睡了。她看到我可能會說我挑這種時間才到，是不是不想回去之類的話，以前被唸過。

「我再想想……」

「你不回嘉義了嗎？」

「明天回去。」

我把大富載回林口家，又遇到大霧。想到上次阿尼要我打包霧回家，正在上班的阿尼就打來了，邀我到家裡沙發睡一晚。

我正要答應，有電話插撥，是一個陌生號碼。

「呂小姐嗎？我是警察。」

「少來了！你是詐騙集團吧?!」電話那端的女聲該捲舌的地方都認真捲舌，一聽就知道是專門雇來騙人的。

迷宮

接到詐騙集團電話絕對要遠遠大過接到警察電話的機率，我的直覺是如此。我錯了。

我一路上頭腦空白、意識麻木，只希望一切都是噩夢。自稱刑警的女人第二次打來電話，先叫我不要掛，接著很快說明我的丈夫鄭瑞文被捕了，因為我是案情關係人，要我到警局說明一下。

鄭瑞文？有幾秒時間我以為警察弄錯了，我不認識這人。但很快我想起安可提供的最新動態，鄭瑞文就是鄭明人。

案情關係人？我活了快四十年，第一次感覺自己被丟進一個陌生的迷宮裡，那裡由可怕複雜的法律術語、條文堆砌的高牆構成，只要說錯一句話，迷宮就會纏住我。

「我需要找律師嗎？」

「需不需要是看你。不過我們只是詢問你一下案情，問完你就可以回家了。找律師的話可能要花更久的時間。」女刑警的口氣轉為柔和勸說想軟化我，希望我不要找律師。

直到坐在警局偵訊室裡，我才死心。這不是開玩笑，也沒人惡作劇。可能還是另一個噩夢的開始。

眼前表面布滿刮痕凹洞的灰皮鐵桌，猜想是手銬磨蹭留下的。桌上幾隻螞蟻像在月球荒地行軍探索，在牠們發現水源前，我捧起女警給我的紙杯喝了一口水，水有可疑的魚腥味。

偵訊室狹小方正的空間就一張桌子和三張椅子，但有一種連空氣、照明都很可疑的氣氛，可能是因為很多可疑的人來過這裡。

那個被我認為是詐騙集團的女聲，來自一個身形高大的女刑警，胸部至少E。我心想這樣追犯人跑起來很累吧？她和矮了一個頭的搭檔，兩人看起來像姊弟坐在我面前。女的叫鍾愛文負責問話，男的周生升負責用電腦作筆錄。

「你先生承認殺了人。」鍾愛文不廢話直接切入主題。可能是幻覺，我坐的椅子四腳發軟歪斜無法支撐我的體重，我趕緊伸手按住桌面防止自己跌倒。

「我先生……前夫在哪裡？」

「在檢察官那裡複訊。」

完了。是真的。不是開玩笑。

「他……有律師陪他嗎？」

「他說他不需要律師。」

「曉宇、妹妹呢？他們也被抓了嗎？」想到小孩我就慌了，心裡跑馬燈不斷閃現著：我就知道！我就知道！果然有災難！

「你小孩嗎？他們沒有在一起。」

「我可以打電話嗎？」

「打給誰？」

「我婆婆。」

鍾愛文攤了攤手，請便。我看看Line，明人、曉宇、妹妹、公婆，沒有任何人發出任何訊息，連貼圖都沒有，好像只有我獨自處在一個有殺人和警察的平行世界裡，自己不知如何面對，其他人則毫無知覺。

我打給婆婆，原來曉宇和妹妹一早就被明人送到公婆家。婆婆問什麼事，語氣有點冷淡。我顧不得那些令人不爽的枝節，滿腦子只想著他們不知道？我該不該現在說：你兒子殺人了！

我沒說。我還是很難接受明人犯下重罪的事實，即使稍微勉強自己接受了，我也還沒搞清楚怎麼回事。

「請問……他殺了誰？」

「被害者名字叫羅吉……」

「羅吉？」羅吉？怪名字。我不認識的人。

「羅吉的屍體被兩個到雙溪山區竹林尋找螢光蕈的大學生發現……」

「螢光蕈很難看到……」我不自覺偏離主題，想到大學時代曾跟男友在雨後的太麻里山區看過螢光蕈，螢光蕈像是存在阿凡達神祕森林的物種。男友後來到美國讀書研究明代儒家理學，我到現在仍不懂為何要研究那種學問，而且還跑去美國？前兩年我從臉書看到說他旅居法國教書，患了腦瘤死了。想到男友，此刻留在我心裡就是螢光蕈，還有深深的困惑，為什麼要研究明代儒家理學？為什麼我總是和有著難以理解的夢的人在一起？但這麼說也不公平，我大學讀的是社會系，出社會後遇到的人對我讀的科系，大部分是嘲諷。或許這讓我說不出口，我曾經對抽象的事物極感興趣，而出社會後的我早已不太明白讀社會系的我……

「是嗎？」鍾愛文一臉無感，她理所當然不關心我在心裡九彎十八拐，只是提醒我那不是重點。

「抱歉……」

掩埋羅吉屍體的山坡地因大雨後山洪沖刷造成土壤液化，兩名大學生經過該處不小心滑落踩空，造成埋屍處崩塌露出地表。法醫從腐爛狀況研判，屍體已經遭掩埋長達一個月左右。死者車上有一張過期駕照，警方據此找到他的住處和家人，其弟羅安表示，哥哥工作不穩經常失業且負債累累，最近聯絡時曾聽他提起接了徵信社外包的案子。

不會吧?!我心裡暗叫不妙，一個月前?上次明人受傷說自己是從樓梯跌下來的時候?當時我還納悶，為何明人突然軟化了離婚條件?

該不會是方姊抱怨朋友找的很爛的人?萬一是，那我不就間接害了明人?想到這裡我腋下冒冷汗發涼、胸口壓落一塊大石。

「你認識他嗎?」周生升終於開口了，他稍微抬頭吊著眼看我，我猜想他的工作除了打電腦就是觀察嫌疑犯。

「我？我不認識！」

「我們在羅吉家找到一臺筆電，裡面GPS追蹤軟體顯示，他曾經跟監你前夫……呂小姐，你有個鄰居叫方念青，你認識吧？」

「我認識。」

「方念青為什麼會找羅吉跟監你前夫呢？」

我要說不知道？與我無關嗎？警察找了方姊了嗎？恐怕她已經說出我了吧？

「……是我……我請她幫忙，我沒想到會這樣……」眼淚和鼻水幾乎是瞬間在我臉上崩潰，鍾愛文動作熟練從桌面下隔板遞上衛生紙盒。

是啊！沒想到……兩個刑警一臉聽多了沒想到的面無表情看著我。「你為什麼要跟監前夫？你知道這是犯罪嗎？」

犯罪?!「我有想過……」此時我整個人坐在這兩個字上面，有如大怒神強大G力急速把我往下拉。「……我們在談離婚，我懷疑他有外遇。因為方姊做過徵信社，我請她幫忙找人蒐證……」
「羅吉交給你什麼？」
「沒有，他沒有給我……」
「你確定？」
「是方姊拿給我。」
「方念青給你什麼？」
「照片。」
「只有照片？」
「對！」
「照片有幾張？」
「幾張？」我愣住，我根本沒算，幸好數量少到我沒忘記。「四張。」
「什麼樣的照片？請你描述一下……」
「就是我前夫跟他公司合夥人在咖啡店喝咖啡、說話的照片。」

「是這個嗎？」鍾愛文從桌面下拿出一個證物袋掏出照片讓我確認。我點頭，心想你們去家裡搜過了還故意問。

「這個女人你認識？」

「認識。她叫楊安可，我先生的合夥人。」

「她是你先生的外遇對象？」

我遲疑了幾秒，因為想到安可和明人複雜的關係。

「我不確定。方姊告訴我，光這些照片沒辦法證明什麼。」

「你見過羅吉嗎？」

「沒有。」

「所以，是方念青負責聯絡？」

「是。」

「你先生認識方念青嗎？」

「不可能完全不認識，但我想他們不熟。」

「方念青幫你做這件事，收了多少錢？」

「沒有……她只是把照片送給我。」

「我們和方念青談過，你的說法大致和她吻合……」鍾愛文說。

我看了她一眼，心想原來你們在套話，顯然警察懷疑我和方姊合謀找了羅吉跟監明人。

「你們懷疑我跟方姊？」

「我們只是想釐清案情。你先生……」

「是前夫。」

「你前夫說羅吉闖入他的工作室想偷東西，兩人發生扭打，他失手打死羅吉。」

「這樣是過失殺人嗎？」

「這只是你先生的說詞，我們還在調查。」

「請問我什麼時候可以見我前夫？」

「你已經不是他的家屬了。」周生升說，雖是事實卻令人尷尬。鍾愛文瞄了搭檔一眼，似乎覺得他沒必要這樣說。

「等檢察官複訊完，看是羈押或交保。」

「那我呢？」

「等一下筆錄簽個名，就可以回家了。」

我心下瞬時如釋重負，但又不相信自己逃過一劫，至少暫時的。「你不是說我犯罪嗎？」

「你是啊！不過妨礙祕密罪是告訴乃論，你前夫沒要告你。」鍾愛文挖苦地淺淺一笑，好像在說算你走運。

「是他說的嗎？」

「當然，不可能是我說的。」

妨礙祕密罪、告訴乃論，單單看字面我都懂，唯獨不知道兩者加起來的法律迷宮。

妨礙祕密……我終於獲知明人的祕密，但得到的只有後悔和內疚。

傍晚六點多，我回到社區。大門警衛正和仲介小廖站在門口聊天，一看到是我的車兩人立刻停止交談，一起用混合了懷疑、同情、恐懼的複雜眼神追瞄我，行車紀錄器錄下這幕。

我停好車走到家門口，發現我看到的人也都在看我，猜是警察來過的關係。信箱塞了一疊郵件，好像我離家很久，忍不住懷疑警局裡的時間流動比較慢。

我把郵件抽出來，看到自己的名字在信封貼條上，現實感稍微回來。回想下午在警局經歷的，簡直就像意外跑進某個悲慘故事裡。

我不想再進去那個故事。然而，站在家門口，最終我得承認，這個故事是從我開始的。其他角色都可以逃，鄰居、路人可以換，唯獨我不行。

我拎著塑膠袋走進屋子，察看了家中每個角落，看得出很多地方被移動過。主臥更衣室最明顯，一些鞋盒離開原先的地方散落在通道上。走到書房時，我發現桌底下的垃圾桶清潔塑膠袋不見了。

應該是警察。不會是明人帶走垃圾，他認為家事是我的工作。

肚子有點餓，但食欲卻提不起勁。我把塑膠袋放在中島，拉開打結處看一眼，早上在休息站買的養樂多、壽司、豆干、蜜餞，原本打算在旅途中吃的，沒派上用場，現在也不想吃了。我勉強選了養樂多，其他的分別收起來。

外面天色漸漸顯現偏藍的暗沉，我站在窗戶邊喝養樂多，看到斜對面鄰居有人提前在門口掛出骷髏和南瓜燈飾。回頭瞄了一眼客廳時鐘，今天是十月十五日，小孩下週要準備過萬聖節的道具，社區也會辦活動，看來今年不會有人來敲門討糖果，太好了！要不是小孩過萬聖節，我根本和這個節日不熟……除了這點微不足道的興奮，我想不出接下來該怎麼辦，連家裡的燈我都不確定要不要開，不開也無所謂。

按照二分之一的三日計畫，今天我不應該站在這裡。原本以為過著那樣人生滿慘的，但現在我願意用一切交換，只要按照計畫就好。

黑暗中，我聽到手機在中島人造石上接連刺耳叫了幾聲，螢幕發出屋子裡唯一的光，是曉宇和妹妹傳來訊息，問我明天會不會回家？

這麼簡單的問題，我卻打不出一個字回應。

一道亮晃晃的車燈掃過院子，穿過門縫、植樹製造出一陣斜移的暗影後，外面又恢復死寂。我聽到停在家門口的汽車引擎悶響，接著有人關車門下車。猜想不會是明人，他的特斯拉幾乎沒有聲音。

有人推開院子的門進來，我緊張地意識到忘了鎖門。出乎意料的，我看出是明人回來了。

我打開客廳的燈，一時之間不知道該以何種姿態、該站著或坐在哪裡面對明人的歸來，最後我把自己放到中島後面假裝喝水，等著。不知道為什麼，廚房比較有安全感。

明人進門，一眼就看到我，他看起來疲憊、目光消沉黯淡卻不驚訝。一時之間兩人都尷尬地沉默著，連日常性的寒暄問候都說不出口。

搞半天，原來明天星期日才見面的，結果提前了。我猜他很失望。

明人往書房去，似乎不想在星期六看到前妻。我逼著自己說點什麼，我必須這麼做，只是不確定應該先道歉，或是先把他罵一頓。為什麼他被警察帶走都不通知家人？為什麼家裡被搜我還是透過警察知道的？

我想了想，跟著他進了書房。他開了檯燈，坐在辦公椅上側身轉頭以詢問的眼神看著我。

「對不起。」

明人垂下頭彷彿想著自己的事，或許在衡量我的歉意。「不用說這些了。」我聽了，愧疚感更往下沉了一些。

「你……事情怎麼樣？」

「交保候傳，限制住居。」明人不帶情緒嘴巴動了一下，好像在說別人的事。他似乎並不期待轉機，也不擔心更壞的結果，感覺他好像又有一部分死了。

「所以你會住這裡？」

「法官是這麼要求。」

我面朝明人坐到床邊，他為了避免和我眼神接觸，目光轉向沒開機一片黑的電腦螢幕，靜電吸了一層灰。又一個證明我家務疏漏之處。

「要接曉宇和妹妹回來嗎？」

「警方扣了我的車。你去可以嗎？」

「我可以去。只是，我們怎麼跟他們說？還有爸媽……」

「你明天把他們接來好嗎？我想今天靜一靜。」

「好。」

「照實說吧。」明人補上一句。「你可以出去嗎？讓我一個人。」

「你有吃東西嗎？」

「我不餓。」

我依言走出房間，但沒帶上房門，明人姿勢不動坐著，好像打算就這樣直到世界末日，門關不關他一點都無所謂。

我在二樓露臺抽菸。離開書房後，我試著找事做，包括洗澡、看電視、打掃、睡覺，但沒有一樣讓我付諸行動。我回了曉宇，說明天早上會去接他們，沒有一句多餘的閒話，他沒發現不尋常。然後我留訊息給方姊，方姊沒回，或許我也害她惹上麻煩。我點開安可的聊天頁面，卻不確定自己想幹麼。

我放下手機走到書房門口，看到明人終於離開椅子，在書房的單人床側身面朝著牆睡了，我有一種感覺，他打算維持這種姿態，面對無法改變的現實。

於是我能做的只有在二樓露臺抽菸，帶著內心堆在一起的痛苦、後悔、困惑，暗夜中指間的火光彷彿是我唯一的救贖。

山上好安靜，只是偶爾有週末出遊歸來的人聲和車聲。大多數人還是繼續正常人生的軌道，這令我羨慕。我很久沒有羨慕別人了，我知道那是因為此刻我難以擺脫自怨自艾。除此之外，這時候能做的就是消化從警察聽來的說法，我隱隱感覺到我的認知和警方存在某種落差，只是無法具體捕捉它。首先從意識混濁深處浮現的是，明人連蟑螂都不敢殺，他會殺人？不對！不是這個落差。我很快推翻自己的猜疑，明人或許真的是在極端情況下，為了自保殺人……不是這個，那會是什麼……毫無預兆的，腦袋迴路突然有兩條線接通，我想起安可說過，明人工作室警衛管理很嚴格，連上樓搭電梯都要保全幫忙感應磁卡，那個羅吉是如何能避開保全上樓闖入工作室？他爬樓梯？像洗窗工人垂降？不可能。

明人說謊嗎？但這個猜想帶給我的是更多的困惑，他都直接認罪了，為什麼要說謊？因為過失殺人罪比較輕？明人心機這麼重？話說回來，為了自我保護這麼做很正常……

嗡……嗡嗡……蚊子像電子繞行原子核在我耳邊亂竄，彷彿附和著我不斷變化路線的思緒，我往身上到處搔了搔，發覺脖子、手肘多處被叮了。

妹妹打來了，我不得不捻熄菸，火花在菸灰缸迸炸四射，大概有松針枯葉之類的東西掉進去助燃造成煙霧竄升，我慌忙把桌上一個花器的水倒進菸灰缸。

「媽，你在哪裡？」

「我到臺北了。」

「你在車上嗎？」

「對啊……」

「我有一件事不知道怎麼辦？」

「什麼事？你跟我說啊！」

「老師說要換座位，因為我愛講話，可是我不想……」

嗡……嗡嗡……我又聽到那個聲音，不知道是蚊子，還是耳鳴……

●

星期天是全家團聚的日子，按計畫是這樣。

一如往常，早上六點我自動醒了，想賴床也做不到。

走到明人房間，房門緊閉。我想他應該很久沒吃東西了，便敲門，也許他會想吃一點。

沒有回應。我推開門頭探進去看，明人的睡姿和昨晚我最後看到的時候一樣，像個不動的蛹。不一樣的是他有起來開冷氣，我想他並不打算把自己悶死。

我不敢吵他，他應該是累壞了。說實話，我現在有點怕他。不是因為他殺人，而是他沒講一句怪我的話。我猜他不是不忍心，應該是對我絕望，連責怪也覺得多餘。畢竟是我把他推落懸崖，我有什麼資格期望他在半空中做出彷如跳水選手優雅的動作，他說我沒貢獻還算是高估我了。

我找一些不會發出太大動靜的家事做，想到明人到現在應該都還沒有把事情告訴爸媽，我一直困擾著到底該不該先說出來？不說的話，以後兩老可能會怪到我頭上。

等到九點明人還是不起床，我決定打電話給婆婆，問他們今天可否到我們家，明人有重要的事要告訴他們，順便把曉宇和妹妹送回來。

「什麼重要的事？」婆婆問。我打定主意只提供預告，正片還是讓明人自己播。

「媽，你別急，還是讓明人說吧。」

「哦……明人搞什麼？故弄玄虛的……」

接近中午時間，我開車下山，山下幾間熱門餐廳門口出現並排車潮。

我停在一間人比較少的川菜館門外，問公婆有沒想吃的菜，老人家說都可以，但曉宇和妹妹對著手機吵鬧他們想吃麥當勞，激得我脾氣跟血壓同步上升。本想逼他們吃川菜但想到接下來即將揭曉明人的事可能對他們帶來的衝擊，我決定多討好一些，幸好公婆也願意吃麥當勞配合金孫。

我開門下車，但左側一個黑影快速晃過，伴隨三字經罵聲我才發現一部機車因為我突然的舉動差點撞上。年輕騎士閃過車門襲擊，在我車前急煞停下惡狠狠地回頭瞪我一眼，不知是反正沒事或看在我是女生的分上繼續前進，我回神過來，連說聲抱歉也來不及。

好累。我小跑過馬路，到斜對面的麥當勞買一家人的午餐。排隊的時候，唯一的念頭就是累。如果明人在就會輕鬆一點，但他不在，我還得幫他買一份。不知他醒了沒有？想到明人，我趕緊用 Line 告訴他，爸媽等一下帶小孩上山。

一家老小進了屋子，回到家的曉宇和妹妹像猴子又吵又鬧索要吃的，我和婆婆忙著擺出午餐，公公美其名幫忙照看，其實只是坐在沙發欣賞可愛的金孫精力旺盛滿場飛，我不時得出聲制止他們，但他們現在有阿公阿媽當靠山，並不是太在意媽媽的管教。

「啊！明人呢？」公公率先想到兒子。

「大概還在睡……」

「睡什麼睡，都中午了！」婆婆說。「曉宇，去叫爸爸！」

曉宇從沙發跳下，像接獲命令的小兵火速奔到爸爸書房，直接推開門朝房裡放聲大叫：爸爸我回來了……接著只聽到曉宇在房裡向大家宣告：爸爸不在這裡！

我心頭一驚，反射地放下餐具走到書房確認，只見曉宇從書桌上扯下一張便條紙遞給我，上面寫著：我去工作室。曉宇任務完成便跑出房間，告訴大家爸爸去工作室了。一件再平常不過的事，卻讓我呆立原地，內心暗自咒罵著：明人你這個王八蛋，麻煩事丟給我，自己躲起來了，工作室到底有什麼重要的事，值得你違反交保規定……「正芳……」我聽到婆婆的叫喚，只好先放下不爽走了出去。

「明人怎麼回事？不是有事告訴我們嗎？」

「我不知道……」我有話卻說不出口，搞半天我只是在演獨角戲，明人根本不配合一下。我實在太累了，累到連說話能力也失去，好像傀儡失去操偶絲線，我雙腳無力坐倒在地，那些透明絲線則化成眼淚湧出來。婆婆見狀嚇了一跳，趕緊要丈夫制止曉宇和妹妹吵鬧，自己趨前關切。

「怎麼了？你們又吵架了？」我一味地搖頭，婆婆的猜測沒和我對上。「你別理他，反正都離婚了，你只要把小孩顧好……」

反正都離婚了……難得婆婆說到重點，可惜此時我心情複雜到超出我和明人之間的關係。算了，明人都跑了，想那麼多幹麼，我就自由發揮了……

「媽……出事了……明人殺了人……」

●

好好一個星期天，卻因為明人這顆炸彈引爆，把假日和家裡的氣氛一起炸得只剩眼淚、驚懼。

前一刻還在和金孫玩的公公，現在摟著悲泣不止的婆婆喪氣地喃喃低語，他才失去大兒子，命運卻不放過他，又找上明人。

「我還想，都離婚了，還會有什麼重要的事？」婆婆說。

說得也是。最糟的都過去了，離婚後好歹在某些方面會有新的開始，我也這麼想過。只是，這顯然是一廂情願。

「不管怎樣，得找個律師。」公公放下悲傷的情緒，開始考慮現實的問題。

「我們先去工作室把他帶回來。」

「正芳，你陪公公去，我留下來看著他們。」婆婆馬上分配好任務。

我沒有回應，因為覺得不妥。雖然明人的行為令人厭惡，但自從兩人開始討論離婚，我好像對這個人有一些新的認識，因為明人在某些方面變得坦率了，雖然很傷人。現在不管父母、前妻、小孩說什麼、做什麼應該都動不了他，只有一個人可能還有機會。

「我們去可能會更糟。他會去工作室就是不想看到我們。」

「連父母、小孩都不想看到？他是怎麼回事？」公公拉高了聲調，因為難以接受而激動了起來。我注意到作為前妻的我被跳過，不知道公公是有意或無意。

算了，我沒時間管他們怎麼想，我只想我該怎麼辦？

●

我和安可站在工作室所在的大樓外，大樓和綠線捷運共構，旁邊是捷運站，面朝一座剛修建完成的公園，環境寬鬆悠閒同時不失便利。我以前在附近上過班，那時公園是一個老舊民房聚落，有很多做上班族生意的小吃店。

一如安可說的，保全認真執行過濾訪客的工作，即使我謊稱是明人的太太，保全還是打電話上去詢問，得到的答案是：不見。

「我們再試一次。」我顧不得面子，又和安可走回大樓接待櫃檯前，年輕的保全看到我又來了，依然保持禮貌和不為所動的態度。

「你再打一次，說楊安可找他。」我說，同時指著安可。安可看看我，她沒想到我用這招。

保全看了安可一眼。「請稍等。」說話的同時，他再次撥電話。

我成功了，雖然這個成功對我來說是羞辱。保全獲准讓安可上樓，不過只能她一個人。安可聽了一臉不爽欺近保全，一手用力拍在櫃檯上。

「先生，鄭先生是你放行的嗎？」

「是……」

「鄭先生的工作室現在是刑事犯罪現場，你放他上去，不怕警察追究嗎？」

這招立刻奏效，保全慌了，眼神閃爍本能地東摸西看裝忙，顯然在思考尋找卸責機會。「我新來的，沒人跟我交接……」

「你讓我們上去，我不會告訴別人。」安可說。

「不行。萬一鄭先生投訴我，我會丟工作。」

這次安可態度和以前不同，雖然談不上前嫌已釋，至少此刻她願意和我站同一個陣線。我想，她是為了明人。

「安可，你上去吧，算了。」我不想和保全做無謂爭執卡在原地，何況明人並不想看到我。「請律師的事，麻煩你勸勸他。還有，如果他不想看到我，我另一半時間也可以不住家裡，希望他回家……」

「好，明白。我盡力。」

看著電梯門闔上，承載安可上升到十二樓，我確立了安可和我在明人心中地位的高度差距，我這個前妻什麼也不是。安可是對的。

我坐在一樓會客廳沙發等。不一會，我接到地檢事務官的電話，檢察官週三早上九點要開偵查庭，因為明人手機不通，只好打給我。我趕緊傳訊安可，請她順便告知明人。

我到大樓對面便利商店買了菸，在騎樓外找到一處吸菸區，站在那裡望著星期天人不多的公園，畢竟是陽光正火熱的午後。像我這種笨蛋，才會為了抽菸站在外面忍受太陽毒手。

一個小時過去。我終於看到安可走出大樓，從表情看不出有什麼好消息。

「找個地方喝咖啡吧。」她說。

「明人的工作室長什麼樣子？」走到咖啡店的路上，我等不及問了一直放在心裡明顯位置的困惑。

「你一定沒辦法待在那種地方，他好像住在不透光的黑盒子裡，我都不知道他有這種癖好。」

根據安可的說法，明人的工作室打掃得很乾淨，沒有任何多餘的東西，廚房就只是一座放微波爐的櫥櫃和水槽的規模。家具都是可以搬走而且精心挑選過的。她刻意打開冰箱，裡面只有即食類的食品和氣泡水之類的飲料。

「沒什麼奇怪的東西，像是密室或什麼的？」

「我是沒想到要找密室。事實上，也沒時間。」安可顯然覺得我想太多。「要說奇怪，我看到一罐爽身粉，瓶子上面印可愛的嬰兒頭像。」

「我就知道！他說謊！」我興奮地在假日安靜的街上大叫，安可不太明白我的興奮。我解釋之前曾發現爽身粉的單據，明人不承認那是他買的。

「難道他有私生子？」私生子？我倒是沒想過，但是瓶子上有嬰兒頭像，很有暗示性。「跟你沒關係嗎？」

安可白了我一眼表示不屑。「是我的話，我還會主動提嗎？」

「說得也是……問題是，誰的私生子？」

「羅吉發現他私生子的祕密，所以明人殺了他？」

「明人最好有那麼多財產，因為私生子擺不平。」

「可以不要再說私生子了嗎？」安可顯然厭煩了。「私生子聽起來很Low，好像那種會在電視不斷重播的低成本連續劇。」

我和安可進行私生子之外的各種設想，又沒有答案地走了幾百公尺，走進巷子裡一間二進式老宅改建的咖啡店，穿過天井到房子的最深處，裡面放了一套復古假皮沙發和一張橡木鑲大理石面矮桌。兩人坐下來後，久久沒人理我們，只有房子沉靜古老的潮溼氣味。我自助弄來兩杯檸檬水。

「老闆該不會忘了我們？」

「忘了就喝水。」我聳聳肩喝了一口水，不是太在乎。我連續收到公婆、明人對我的遺忘，這點小事算什麼。「他真的在那裡工作嗎？」

「看起來是。其實除了電腦和一張單人床、兩個衣櫥、小冰箱就沒別的東西了。」

「兩個衣櫥？」明人在家裡的衣櫥連一個都沒放滿，工作室會需要兩個？

安可會心一笑，「你也注意到疑點了。」

「你有打開看嗎？」

「上鎖了。他說裡面放保險箱。還有一些重要的合約、文件。」

「家裡也有保險箱。」

「也許他需要很多保險箱。」

「我猜衣櫥裡裝了私生子的衣物。」想到這點我就不爽，我記得明人跟我說他不能讓曉宇和妹妹住工作室，私生子卻可以。

「大概。其他地方看不出來有小孩的痕跡。」

「其實，還有別的疑點……」我說出明人的供詞和保全措施的矛盾，但也提醒她不能向警方透露這些。

「也許你的猜測是對的，過失殺人確實罪比較輕。」安可說。

「我想，他之所以這麼快認罪，也是為了減輕刑責吧。」

「也許。」

「你提了律師的事嗎？」

「說了。我跟他說公司法務顧問的律師學長可以幫忙，他同意了。」

總算有一件事達成目標，我可以跟公婆交代了。

「但是，他不願意回家。」

「他是不是生病了？我是說精神上。」

「他確實在某些方面相當偏執，不過，很多成功人士都很偏執。以前他在公司上班的時候，曾經發生過他在會議上拿椅子往客戶砸，客戶放話要告他……」

「結果呢？」

「根本沒砸到他，只是玻璃倒楣而已。那個客戶真的讓人很想殺人。」

「你還知道什麼跟明人有關的事？」

「沒有了。」安可輕嘆了一聲。

因為明人，我和安可的友誼基本破碎了一地。我想，她也深知這點。所以有一段時間，兩人都沒說話，各自沉默望著陽光灑落的天井，但又不時有移動的雲影遮蔽暗下來。

「我上次跟你說，我覺得他怪怪的。這次看到他，他給我的感覺像是受傷的小動物。」

說到受傷，誰不是呢？「什麼樣的傷讓他殺人？」

安可無語地搖搖頭，我更是沒想法。

「我們好像很久沒喝咖啡了。」我不免有些傷感，這次喝咖啡跟以前不一樣，因為只喝了加檸檬片的白開水，味道莫名地複雜。

供詞

星期一下午，我最擔心的事發生了，我開車趕到曉宇就讀的學校。

曉宇在午餐時間，把餐盤的食物全倒在同學身上，因為同學聽到爸媽在議論明人被警察從家裡帶走拿這事挑釁，兩人早上為此發生過言語衝突，中午時間曉宇爆發了。

那個同學叫胡天同，我在便利商店陪曉宇和妹妹打寶可夢見過，是同社區的鄰居，但跟他們一家不熟。

雙方家長陪同小孩在訓導處見面。我要曉宇為打人道歉，胡天同的媽媽要兒子為挑釁曉宇道歉，事情就算完了。班導對兩人說了一番話，大意是學校聚集了來自不同家庭的人，每個同學都要學習互相尊重、友愛……

回家的路上，曉宇一語不發。我心中沒底，家裡出了這種事，我都不知道到底該如何面對？曉宇和妹妹就更不用說了。要不要幫曉宇和妹妹換學校？換學校有用嗎？搬到南部？

「你中午沒吃，餓不餓？」

「餓了。」

「誰叫你把午餐倒在別人頭上？」我試著用半開玩笑的語氣教育曉宇，「我不是說過不能玩吃的東西？」

「今天午餐都是我討厭的。」

「今天吃什麼？」

「三色豆、茄子、美乃滋味很重的馬鈴薯泥。」

「討厭吃也不能倒在別人頭上。」

我想到之前明人提起客戶時突然口吃、歇斯底里，還有安可說他開會時拿椅子砸人，更令我擔心曉宇。

「你跟胡天同吵架的時候，其他同學在幹麼？」

「有人跟他一起，也有人跟我一起……」我一聽放心多了，至少他不是孤立無助的。「他們都是爸媽離婚的。」

「你是說跟你一起的？」

「嗯。」

現在的小學生竟然有這種以父母婚姻狀況為分界拉幫結派的現象。雖然拉幫結派是人的老把戲，但以爸媽離婚為團結的旗幟倒是新鮮。比起來我小時候真是太單純了，我們只是簡單地以喜歡誰或討厭誰作區別。

「曉宇，你是不是很生氣，所以想發洩？」

「嗯。」

「生氣可以發洩，但是不能因為這樣傷害別人。要想別的方式發洩……」

「像是什麼？」

「像是深呼吸，或是找個沒人的地方大叫……」我硬擠出兩個沒根據的說法，自己都不太相信。

「我覺得沙包比較有用。」

「對欸！還是你聰明。」

「那你可以買給我嗎？」曉宇為自己的點子感到興奮趨身湊近前座，我則為成功轉移他的注意力欣慰。

「好啊！」

「媽……爸爸是不是因為生氣殺人……」

我愣了一下，沒想到才順利岔題沒幾秒，主題再次繞回明人。我從後視鏡看了一眼，曉宇剛才的興奮像閃光乍滅不見，偏著頭一臉黯然望著車窗外。

「爸爸是為了保護自己。」我意識到說這話時內心的不踏實，然而這似乎是我目前唯一能抱住的道德浮木。

我把全部的時間心力投注在曉宇和妹妹身上，連同明人的那一份。

吃過晚餐做完功課後，我破例陪他們玩Switch，再次確認自己在這方面就是殘障加白痴。曉宇毫不留情地評論我是沒天分，後天沒打算努力，勉強努力了也沒意義，跟爸爸沒得比。

我發覺自己實在太天真，想取代明人是不可能的。

「這個禮拜五我們去露營吧？」我試圖在主場扳回一城，曉宇和妹妹同時舉雙手贊成。

晚上九點曉宇和妹妹都上床之後，我帶著菸到二樓露臺。

露臺和街上的落葉開始出現規模了。星期一快結束了，明人在他的工作室，我在家裡。如果不去想太多，幾乎就和離婚協議達成的二分之一計畫沒什麼不同。

星期三的偵查庭會出現新的局面嗎？按警方的說法，目前只是明人的供詞，檢警調查才剛開始，因此什麼情況都有可能。即使不是警察，我都感覺到有疑點的存在。

星期二一早出門時，發現社區行道樹大片欒樹開始結滿褐紅果實，好像秋天染了雙層髮色。一路下山都有好看的欒樹，只是看的人沒心情。我把曉宇和妹妹分別送到學校，便驅車前往大富叔叔余董家。

昨晚臨睡前，阿尼打給我，說余董有最新的狀況，他自殺未遂。我聽了一時不知該怎麼反應，畢竟是只見過一次的人。對當事人來說，自殺失敗到底算是好事還是壞事？

「要不要猜猜看他為什麼自殺？」一定是理由很奇葩才叫我猜，但準備睡覺的我不想動腦。「我不想猜，你快說。」

「告白失敗。」

我腦內劃過一道閃電。雖然沒問過具體年齡，但余董好歹也有七八十歲了，這樣的自殺理由合適嗎？

「跟誰告白？不會是年輕妹妹吧？」如果是就太噁心了。但他那麼有錢也不是不可能。

「是梅姨，你見過。」

「我以為梅姨有老公。」

「她有啊！但聽說感情不好，梅姨很痛苦。叔叔跟梅姨說，他只是想要一個可以牽手散步、睡覺、說話的伴，沒有性方面的要求。」

「所以，他要梅姨離婚？」

「聽大富說，叔叔的意思是不離婚沒關係，以偷情的形式維持關係也可以，表面上梅姨還是他的家管。不過，梅姨拒絕了，並且因為覺得尷尬辭職了。」

梅姨辭職後，大富便幫忙照顧叔叔，由於他的努力，於是我出場的機會又來了。

「抱歉，又讓你跑一趟。」這次見到余董，他戴著墨鏡掩飾眼睛的病態，但消沉卻難以遮掩。他問了幾個工作時間配合的問題，我說二分之一限制不存在了，他問我為什麼，於是我把我的事全說了出來。雖然大富極力想幫我，但我想還是把明人涉入犯罪的事說在前頭比較好。

「不被愛的心情很糟吧。」余董對著我說，雖然我知道他幾乎看不見了，但可以感覺到眼神的存在。

「糟透了。」聽一個最近告白失敗的老先生這麼說，滿有感覺的，我猜他有部分在說自己。

「工作時間可以很自由，你可以照顧小孩。我不吃晚餐，你只要幫我做午餐。需要的時候載我和波吉出去。我不會每天出門，會事先跟你說好。」

「好的。沒問題。我朋友的狗也叫波吉。」

「是嗎？」余董很有興致地笑著，「你朋友也喜歡 Nina Simone 嗎？」

我愣住，為開啟這話題後悔，但願他感應不到我的傻臉，Nina Simone 是哪位？

「應該沒有。」

「那是她一首歌的名字。說到這，以後你幫我開車，車上要放我的歌單，可以嗎？」

「可以。」反正我的歌單不怎麼樣，就跟我的臉書、ＩＧ一樣荒蕪。

「我的車被我撞壞進廠，等修好我再通知你上班。」

「你還能開車？」我因為吃驚脫口而出，但瞬間意識到自己說錯話。

「大富沒告訴你，我開車去自殺嗎？」余董不以為意地說，讓我以為他說的是開車去買菜，心想以你的眼睛狀況來說，開車本身就是自殺及殺人的行為，難怪大富急著找人來看著他。

「沒有講這麼多，叔叔，你……不會再做這種事吧？」

「我還是看得到一點的，那時我是想反正最後一次了……至於，我會不會再做這種事……我想，死過一次就不會想再死第二次了。」

為什麼要開車去自殺呢？太麻煩了吧？其實我很好奇，這位業主在想什麼。

「你是不是很想問我為什麼要開車去自殺？」余董有讀心術，不然就是他很想講，碰上我很想問。

余董告訴我，原本打算載著波吉去自殺。他把車開到一處無人的海邊，然後讓波吉下車自己去沙灘玩，他則動手把水管接到排氣管，另一端連到車窗，再用膠帶封死。準備好後，他等著波吉回來，但波吉一直沒現身。於是他改變主意，決定自己上路，祝福波吉會遇上新主人。他發動引擎，隨機播放心愛的歌單，雖然沒有波吉，但能在一首又一首喜愛的歌曲陪伴下離開已經很滿足了。下雨了，他用無力的手指撥動雨刷，聽到雨刷規律的擺動聲，想起以前常和妻子一起開車到海邊搭配低沉的浪聲聽音樂，最棒的是下雨天的時候。本來他也想試著邀梅姨，可惜了，她不喜歡他的歌單……不知過了多久，他逐漸昏迷失去意識，最後一個念頭只剩下：我就要死了……就在這一刻他隱約看到波吉跳上車窗，甩了甩頭把水管咬下來，他想罵牠卻發不出聲音……

我沒笑。不，應該說我只是嘴巴控制不住動了一下，好像嘗了摻雜苦味的笑。

雖然這個故事本身好笑，但我的笑點開關少了什麼，好像被丟出去的球，少了一隻幫我把球撿回來的狗。

我討厭笑不出來的我。

●

第二次到律師事務所，依然是為了明人，上次是因為離婚。

安可學長的辦公室所有的東西看起來都有年代感，書架一角嵌著窗型直立式冷氣，壓縮機發出低沉的共鳴聲。接近撞球檯大的木桌上放著律師名牌大大刻著金漆字：周雨揚。除此之外桌面及絕大部分的空間堆疊著文件，我不知道是生意太好，還是效率太差，跟一些排隊小吃一樣。

周雨揚和安可閒聊著，他看起來不修邊幅，估計超過兩個星期沒動過鬍腮，不過我看到桌上一張他登在律師學會刊物的照片，穿著律師袍的他鬍子刮得很乾淨，整個人精神多了。

明人的爸媽來了，直為遲到抱歉，因為他們迷了路。剛才坐電梯上樓，看到樓層長廊兩側是一間接一間的公司行號卻看不到門牌，又找了好一陣。確實不好找，因為沿走廊看到的都是那種一人或無人公司，跟我預期不一樣，我也是懷疑自己走錯地方。周雨揚憨笑搔著頭，連番跟老人家陪不是。

「你怎麼不換個辦公室，這種地方能接什麼像樣的客戶？」安可的口氣像在教訓學弟，大概覺得學長讓她沒面子，包括他連個正職助理也沒有，以及服裝儀容不佳。

「搬家很麻煩，我沒時間。」

「麻煩？你就是這樣……」安可顯然跟學長很熟，知道他有這樣那樣種種毛病。

「好啦！都到齊了！我們還是說正題……」

「大律師，拜託你了，救救明人……」公公才剛坐下就老淚洗面哀求著，好像電影裡常出現的到官府跪父母官的草民眾生，我很尷尬，律師和安可也是。

「老頭，他是律師，又不是法官。」難得婆婆清醒多了。

「鄭伯伯，我盡我所能……」周雨揚邊說邊起身張望衛生紙的下落，我在沙發前茶几桌底下找到遞給公公。

「早上開了偵查庭……」周雨揚頓了頓，讓所有人的注意力回到他身上。「警方和法醫都提出事證，和之前鄭瑞文的供詞有些不符……」

「好不習慣，我兒子明明叫鄭明人……」公公說，婆婆猛點頭同意丈夫。周雨揚正感為難，公公自己為律師解圍。「抱歉，律師，這不是你的問題。」

不符……在場除了律師，每個人對這兩個字有不同的想像，就像蒙著眼坐雲霄飛車，接下來是向上？或向下？周雨揚很熟悉這種緊張感，他小心平衡著。

「瑞文說他在工作室勒死羅吉，將屍體移到雙溪山區掩埋。但法醫解剖發現羅吉是死於心臟麻痺，兩手拇指有燒灼痕跡，研判他是遭到高壓電電擊導致。現在，瑞文修改了他的供詞，他說是羅吉用照片勒索他，見面交易時，因為羅吉不守約定，兩人發生衝突，他憤而用電擊槍反擊，羅吉企圖奪取電擊槍時觸電昏迷，他不知道他死了，於是用車上的露營繩勒他的脖子，最後把屍體埋在竹林裡。」

雲霄飛車疾速向下俯衝……公婆臉色慘白眼神呆滯，我看不到自己的臉，但我應該差不多，感覺心臟被重力加速度扯到膀胱，膀胱繼續往下墜落。我心想，這不就意味著明人不是過失殺人，是蓄意的。

「請問……是……什麼照片？」我說話聲在抖，但疑問還是勇敢跳出來，我想如果是明人和安可的照片，未免太沒證據力。

「警方在瑞文車上搜到一個隨身碟，裡面是明人召妓的錄影。瑞文證實，羅吉用它勒索金錢。」學長的陳述似乎觸動了安可，她想說什麼但忍住了。我看了她一眼，她輕聲回了我一句：沒事。

「這個孩子真是……」明人爸爸聽到召妓兩字，像是內心道德感被重擊，反射地捏緊放在膝上的拳頭，婆婆雙手挽著丈夫低頭數不盡眼淚黯然無語。

「警方還發現……」律師看看我們，想確定一下我們的承受度。我原本以為結束了，沒想到還有。

「工作室的大樓監視器硬碟被拿走了。有一名保全下落不明，警方現在不確定是羅吉有共犯，還是瑞文。瑞文否認和此事有關，不過，他有翻供紀錄，又有串供可能，檢方聲請羈押，法官准了。」

「瑞文沒有理由和保全共犯吧。」安可說。我有點意外安可已適應明人的新名字。

「我和他談過。如果以他目前的供詞，他沒有共犯的理由。但檢方現在不太相信他。」

我、明人爸媽、安可，我們本來都期待著從律師那裡聽到有利明人的改變，但等到的只有變得更壞，律師顯然無能為力。

●

我送明人爸媽回家。開著車，心情空蕩蕩的，心裡只想著，明人的事大致就這樣了，無法期待什麼，也無法為他做什麼。兩老應該和我一樣，只能默默接受現實。

「曉宇和妹妹以後就靠你了。」公公在車上說。我很不想聽的話出現了，難道之前都不是靠我嗎？不過我馬上想回來，他真正想說的應該是：以後我們都靠你了，請多照顧……我有點想笑，這比余董的狗好笑，但我還是笑不出來。

以後的人生會不會就這樣？不管多好笑都笑不出來了？我真替自己擔心。

「我知道明人對不起你，看在小孩分上，你多擔待。」換婆婆上場。這下我更想笑了，以前怎沒聽你們說明人對不起我？現在你們覺悟了？以後非得靠我不行，想跟我大和解是嗎？人很現實，最可笑的現實是為了需要而胡說八道。

我看著前方的車道，嘴角憋著笑意，連同其中帶有苦味和怪味的荒謬感。我不想搭一些沒營養的話，既然你們要靠我，我有優勢，我不想講話可以吧？聽說梁朝偉住在日本卻不學日語，因為他打算不跟任何人說話。我也是。

明人大概也是。我想他很久以前就決定不理所有人了。安可說得對。

「爸，媽，以後假日要請你們幫我帶曉宇和妹妹，我找到一份工作。」這不算是說話，是提供資訊。

「好！好！沒問題！」兩老聽了精神一振，前媳婦還是需要他們，又有金孫可以陪，更讚的是前媳婦真上進，這麼快振作起來去賺錢養家了！感覺又有希望了！

●

看著明人爸媽上樓，我立刻打電話給安可，約她喝咖啡。為了有所改變，這次決定不約百貨公司，我已經不是靠賺很多錢的老公養的貴婦。安可說她剛進公司，約我到她們公司樓下旁邊的豆豆先生。

我很幸運遇到路邊停車位有空，而且收費員剛從眼前騎走。

等完紅燈過了馬路，我看到安可坐在豆豆先生門口。這時我才發現，豆豆先生是做外賣，只有門口兩個朝著馬路的座位，連冷氣都省了，好處是可以吸菸。

安可幫我點了冰拿鐵，我只要坐下即可，難得她也有貼心的一面。她從愛馬仕包包掏出維珍妮涼菸，我從帆布購物袋拿出同款香菸和打火機。

安可叼著菸停下握著打火機的手吃驚看著我，但馬上理解地保持沉默繼續點菸的動作。我很高興她連問也不問。她翹起腿深深吸了一口菸，對著交通繁忙的馬路長長吐出白煙。

「你在學長那邊是不是想說什麼？」我一問，安可歪著頭看我笑了笑。「你打電話問就好了。」

「嗯，是沒錯。不過，我覺得小心一點比較好。」

「警察會掛線嗎？你想太多了。」

「掛線？」

「行話，監聽的意思。我聽同事說的。」

「我不想再害到明人了。」一聽我這麼說，安可以微笑表示同情。「愧疚感是很麻煩的哦。」

「是啊！好麻煩……」我也不想這樣，愧疚感會把內心很多東西從不想翻面變成必須。不過，我倒是再次感覺到安可是個可以說話的朋友。

「我想說的是召妓的事，我不認為明人會召妓。」

「為什麼？」這種事我不認為有百分百正確的答案，但安可會這麼說顯然有她的理由。對我來說，安可是明人百科。

「那傢伙傲得很，他不屑。如果你說他搞一夜情或包養了誰，我倒是相信。」

「你上次說女人對他來說就是發洩性欲，如果是這樣，召妓就是最簡單的辦法不是嗎？」

「我認為對明人來說，召妓不是最簡單的辦法。我沒證據，只是我想他還是在乎感覺的。」

「感覺也是很麻煩……」誰知道明人的感覺呢？說不定他就是一時興起，好奇或是飢渴難耐？特殊癖好？「假設你是對的。那明人搞這齣是為什麼？」

「我不知道。所以剛在我學長面前，我不敢講。」

「你的意思是，他自導自演拍了影片，引導警方去錯誤的方向？」

安可喝了一口熱拿鐵，奶泡一字鬍留在上唇。「有這可能。只是，他費這麼大的力氣是想怎樣？有什麼好處？我看不懂。」

安可不懂，我當然也不懂。

海邊

曉宇和妹妹很羨慕我，他們認為我的工作只要遛狗。這世上居然有這麼好的工作，好到他們決定列入人生的志願。

我強調還有開車、煮飯，以及陪老人聊天，他們選擇性忽略。不管怎樣，我很高興我吸引他們注意，少了一點想到爸爸的時間。

十月底的山上徹底屬於秋天了，家裡內外也布置了萬聖節，我不想讓小孩覺得只有我們家沒有。

秋天也到了海邊，遊客因此變少了。

余董不管天氣變冷了，不適合去海邊的問題，波吉當然也不管。我猜，海邊的沙灘能喚起波吉體內的雪地基因。

往北海岸的路上，天空碧藍如洗。余董看不到，所以他不會問我天氣，只問時間。

「今天早上我打了五通電話給朋友，五個都走了……」

余董在車上話不多，他喜歡把空間留給音樂，彷彿說話會擠到它們。他的歌單有多種類型的音樂和歌曲，主要是古典室內樂、爵士樂、搖滾樂。我為他工作幾天後便發現，只有在播放爵士樂時他才會主動跟我說話。我瞥了一眼中控臺螢幕，此刻歌單正播放艾靈頓公爵。

「我想人老了就是死亡雖然還沒找上門，卻先包圍我們。」他說。

我該說什麼安慰他？我沒把握，只是心裡有某種感觸很接近。「前幾天我帶小孩去一家網紅冰淇淋店，很多人排隊，我看到沿路地上掉了五顆冰淇淋……」我不知道，我想著渴望的隊伍附近同時有失落的隊伍，五顆冰淇淋對五個死去的人，老闆會不會覺得我鬼扯？

「五顆顏色不一樣嗎？」令人意外，我引起他的興趣。

「不一樣。」

「你記得有什麼顏色？」

我認真回想著。「抹茶、草莓、牛奶、汽水……還有芒果。」芒果是我編的，因為具體口味忘了。

「我喜歡冰淇淋。以前在美國，都買一大桶抱著吃。」

「你會想回美國嗎？」

沒有回答。我想我踩到紅線了，但只能用沉默把腳收回來。

「不想。常常有人這麼問我……」

「抱歉。」我想他的意思是這問題很煩。

「你先生……前夫的事怎麼樣？」他也問了煩人的問題，只是很少人問我，我沒準備好一套說法。

昨天我去律師那裡，他告訴我第二次偵查庭的進展。警方找到那個跑路的保全了，在他藏匿處搜出現金和毒品，只是硬碟被毀了。保全供出他和羅吉是中學同學，因為被羅吉追債還不出錢，羅吉逼他協助潛入工作室。他告訴羅吉工作室樓下住戶正在裝潢，由於建築上下層是錯落式設計，樓下陽臺突出於工作室陽臺，可以輕易攀爬進入上層。保全堅稱只知羅吉是為了外遇蒐證，對於勒索一事不知情。後來他看到新聞得知羅吉被殺，害怕被牽連因此逃跑。

這樣算有進展嗎？是多了一塊和案情相關的拼圖，但是明人殺人這個事實沒有任何動搖。我想了想，應該不用說這些。

「律師說，我前夫的案子很單純，他的意思是可以辯護的空間不大，只能從量刑上下手。」

「因為你前夫一開始就認罪了……老實人。」

是嗎？明人是老實人嗎？他對我一點都不老實。

「既然大致塵埃落定，你就不用多想，跟小孩好好過日子。」

「我會的。」

「有什麼困難跟我說，我很樂意幫你。」

「應該沒有。不過，謝謝余董。」

「有你作伴滿愉快的，波吉也喜歡你。」

「謝謝余董。」我瞥了一眼後視鏡，看到余董伸手摸摸波吉，波吉自始至終都乖乖坐在他旁邊哈哈笑著。我心裡打量著余董的口氣，總覺得他不是在讚賞我的工作表現，其中含有私人情感令我毛毛的。

「我想跟你商量一件私事，但有點難以啟口……」

來了！他向梅姨告白，該不會輪到我？難怪他會問我前夫的事，還說什麼有我作伴很愉快……怎麼辦？我還滿喜歡這工作的，沒想到做不了幾天就再見了，我是打死不考慮忘年之愛的……哎，好可惜，要是明人沒出事，我就可以交個二分之一男友了……

「……有什麼我可以幫忙的？」

「如果我走了，你願不願意……收養波吉？」

「我願意。但是……」我緊繃的一口氣放下的同時暗生愧疚，老人家不是我想的那樣滿腦子異性。「你不會又要自殺吧？」我擔心地回頭看了他一眼，不小心方向盤撇了一下。

余董似乎察覺到車子突然向右晃動，手不自覺撐在椅面上。不知道是因為我的駕車技術或我說的話苦笑著。

「我想通了。反正我離死亡不遠了，自殺是多此一舉。」

下班回家，公婆已經幫我接了曉宇和妹妹還買好晚餐，晚上他們會住山上，明天一起去看守所探望明人。

家裡的氣氛存在著盡量不提起明人的默契，連曉宇和妹妹也嗅得出來。諷刺的是，明人跟我說的大象，現在就像咒語反彈到他身上，他變成在我們周遭看不見的空氣般無形的存在，要等到明天到看守所才能看到他。

吃晚餐時，我一提及波吉的事，曉宇和妹妹眼睛閃現星光。他們很興奮，興奮到顧不得吃飯問東問西。「好希望波吉趕快來。」曉宇說。

曉宇的話，我沒在意，只當作是小孩的天真，我比較擔心大人的事會逼得他們把天真藏起來悶死。

「不可以這樣咒人死……」公公板起臉教訓曉宇無心的話，曉宇被阿公提醒才意識到他的無心隱藏著詛咒。「哦……」

飯桌氣氛頓時安靜了下來，難得阿公罵人，曉宇和妹妹不敢抬頭看他。公公一臉緊繃站起來，好像還在生誰的氣，但他找不到那個人。

「要是咒人去死，那人就會死該有多好……」

「老頭，你怎麼了？」婆婆困惑又擔憂地看著公公。

「明倫的老闆被判十年，居然可以易科罰金，我的孩子卻愧疚自殺，這有天理嗎？檢察官竟然不抗告?!他怎麼不去死?!他怎麼不去死?!」公公激動地吼著，口水都噴到飯菜上，但這點小事不算什麼，我和婆婆試著安撫他，手一碰他就可以感覺到他氣得全身在顫抖。「我對不起明倫，我害死他……」

我完全不知道公公和明倫背後的故事，明人從沒說過。婆婆把公公拉到書房安撫，過了一會她走出來關上門，嘆了一口氣。我在廚房洗碗，看到她拖著沉重的腳步走過來，右腳有點拐。

「媽，你腳痛嗎？」

「風溼犯了，山上溼氣重。」這話好熟悉，好像我們剛買房子時她也說過。

「爸還好吧？」

「我讓他吃鎮靜劑了。」婆婆幫我把洗好的盤具放進烘碗機，曉宇和妹妹洗完澡只穿內褲跑出浴室。「媽，洗好了，可以在房間玩嗎？」

「你又沒洗頭！」

「我有洗！」妹妹向我炫耀。

「我明天洗！」曉宇發現被我逮到，轉身就跑，妹妹跟在哥哥屁股後面嬉笑看他被罵。我本想說明天要去看爸爸，逼他回去洗，但放棄了。畢竟，明人不會注意到兒子有沒有洗頭。

「曉宇、妹妹，衣服穿好！等一下著涼了！」婆婆一旁幫腔但沒用，他們當沒聽到躲進房間，把門關上。

只剩我和婆婆，並肩在廚房收拾善後，有一段時間我們都沒說話。我想，婆婆的心事肯定不會比我少。回想起來，這應該是我第一次和她一起做家事。

「你公公下午在車上聽到新聞，我就擔心他什麼時候要發作。你不要介意，每次講到明倫他就會這樣。明人也是，他哥哥結婚以後，整個人就變了。」

婆婆的說法在我心中投下小石頭，激起異樣的水花漣漪。

「我一直以為是大哥死後……」

「明人沒跟你提過吧，他和明倫高中時就說好，兩人以後都不結婚，你公公得知後把兩人痛罵一頓。後來明倫結了婚，明人便認為哥哥背叛他。明倫跟明人說他負責聽爸爸的話，明人就自由了。你們交往的時候，他從來沒帶你去找明倫，你不覺得奇怪？」

「但是他常跟我提到明倫。」

「他說的是高中以前的事吧。」我回想了一下，婆婆說得沒錯。而且，我只在公婆家看過明倫。

「明人跟我結婚是被爸逼的嗎？還是，他是為了明倫？」

婆婆低頭不語，沒有否認也不承認，我猜她不想讓我太難過。

「都有吧。我最近常想，我怎會嫁給你公公這樣的人？生下這樣的小孩？是不是我有什麼問題？」

我第一次聽到婆婆如此喪氣地懷疑人生。其實我多少也想過。不過，歷史沒有如果，人生也是。

「他們兄弟，從小就喜歡一起跟爸爸作對，後來明人才會認為哥哥背叛他。」

所以，明人的話是認真的，我、曉宇和妹妹都不是他想要的人生。我們只是明倫死後，他不得不攬下的家族延續任務。

什麼如果、原因都無所謂了，既然活著我只能試著和事實相處。而且，我現在是前妻，我可以把他們一家全都視為過去。

●

星期六早上九點多，我帶著曉宇和妹妹到看守所。公婆不來了，因為昨晚公公血壓飆高，婆婆留在家裡照顧他。

「媽，阿公是我害的嗎？」曉宇怯怯地說。

「阿公本來就高血壓，他是因為看新聞生氣，你沒有害他。」

坐在接見室等候區，曉宇和妹妹很緊張，他們一人占一邊挨著我，不敢離開我半步，即使走道另一端有個同齡小男孩一直好奇盯著他們，兄妹完全沒興趣搭理。

我正想著該如何幫曉宇趕走愧疚感，輪到妹妹了⋯⋯

「媽，這裡好像醫院。好多人⋯⋯」妹妹說，表情像等一下就輪到她打針。

「我想回家……」

「看完爸爸就回家，快輪到我們了。」

「等一下看到爸爸要說什麼？」曉宇問，他似乎認為爸爸身處在一個特殊場所裡，因此也變得和平常不一樣，需要特殊的應對。

「你想說什麼就說什麼。知道嗎？」

號碼跳到十四。我趕緊拉起曉宇和妹妹越過人群衝到獄警身前，終於要見到明人了，說實話我也很緊張，我該怎麼跟被關在籠子的人說話？曉宇是對的。

獄警錄音機般宣讀接見須知，提醒大家不可使用手機，不可交換窗位，時間只有三十分鐘等等。然後根據接見次序單告知會客家屬坐在幾號窗口，我被安排在七號。

每個隔著鐵柵和壓克力板的窗口前放有一臺電話，兩張固定在地板的不鏽鋼圓凳，我猜是擔心有人聊得不開心把凳子拿起來砸。我讓曉宇坐右邊的位子，我抱著妹妹坐左邊。妹妹一坐下就抓起電話，曉宇錯失先機也湊過來想參一腳。

「放回去，爸爸還沒來。」

妹妹不太懂我的意思，她以為爸爸已經在電話那端等。這時接見窗口對面有一道門打開，一排受刑人依序坐到獄警指定的位子，當明人出現在我們眼前的那一刻，我們三個都驚呆了，明人一頭鬈髮沒了，小平頭露出他微尖有如一座小山丘的頭殼頂，臉形像是投手視角的本壘板戴著黑粗框眼鏡。

「請用桌上的電話交談，保持適當的音量。根據規定，接見過程及談話內容將全程錄影錄音……」獄警透過裝在某處的音箱宣導著。

隔著鐵柵和透明壓克力，明人先是低著頭，像在醞釀會面的情緒，但我總覺得他對見到我們不是很感興趣。

「爸爸……」妹妹率先出聲，曉宇倒是怯場了，不自覺盯著爸爸的新髮型。

「用電話講。」妹妹依我提醒拿起話筒。明人沒準備好的樣子看著地板，我試著伸手湊近隔板朝他比手勢，示意他拿起電話。

明人終於直視我們，看了電話一眼，考慮了幾秒拿起電話。看守所似乎幫他重新塑了身，像一部機器，把他和裡面其他人改裝，讓他們擁有一些共同點。除了一眼就可看出的髮型和工廠阿伯造型般的制服，每個人的眼神像是被消去了光。

「爸爸，你有吃飯嗎？」妹妹看著爸爸，她的直覺反應是爸爸消瘦了很多，臉頰像乾枯塌陷的木頭。

「有，我有吃。」

妹妹拿著話筒，不知道接下來該說什麼，回頭看看我。「換哥哥。」妹妹把話筒遞給曉宇，但曉宇沒有接手，他雙手按著窗臺，低頭晃著懸空的腳。

我接過話筒，還沒想好說什麼，明人說話了。「以後不要帶他們來了。」

「他們想來看你。」

「這種地方對他們不好。」

「爸媽本來要來……」

「不用。你叫他們不要來。」

「你不讓他們來，他們更擔心。你看起來氣色不太好，你沒睡嗎？」

「我幫獄方修網路。等我忙完我再寫信給你。」

明人在說什麼？他要寫信給我？我認識他十年從來沒有過這種好事。修網路和寫信又有什麼關係？

「曉宇、妹妹……」一聽到明人有話想對小孩說，我趕緊把話筒輪流塞到妹妹和曉宇耳邊，雖然這麼做很可笑，但我也沒辦法了。

就在我忙著把話筒移來移去的時候，明人竟然放下電話起身走了，我根本來不及阻止他。

「你爸說什麼？」

「他說要聽你的話。」妹妹說。

「他叫我們回去。」曉宇說。

會客不到五分鐘，明人就這樣走了。看著固定在地板的圓凳，我真希望變成浩克一把抓起往他砸去。

當天晚上，曉宇和妹妹都做了關於波吉的夢。

妹妹夢見她趴在波吉身上，波吉不斷想擺脫她，但妹妹就是有辦法像魔鬼氈黏在牠身上，波吉沒辦法，只好帶著她到處走。

曉宇的夢是他和妹妹帶波吉去海邊，波吉跑遠了，他們找到牠時，看到牠對著一個鐵籠叫，走近一看，籠子關了一個黑影，黑影伸出觸手試圖抓波吉，他們拚命叫著，阻止波吉靠近……

他們認為兩個夢，一個好夢和一個壞夢連在一起，就像廟裡擲筊一正一反，代表夢會實現。我只能假裝贊同他們。

松鼠

我再次獨自坐在看守所接見室，是兩個星期後。

在此之前，明人爸媽、安可都來過，他們的遭遇和我差不多，說沒幾句話明人就離席閃人了。好消息是他沒對安可比較好，壞消息是他越來越自閉了。

明人不需要我們，想走就走。套在我們的婚姻，也是完全說得通。

前幾天周雨揚律師告訴我，警方到看守所偵訊明人，他也陪同在場。警方查到明人的公司帳戶與香港、日本有多筆資金往來，明人一律以受委託從事遊戲程式開發為由回應，強調自己沒有做違法的工作，而且都有繳稅。

明人是受到壓力才主動找我嗎？這次應該不會愛理不理吧？畢竟是他主動叫我來的，我很期待。

明人出現在窗口另一邊。這次他熟練地坐下、直接拿起電話，沒有任何障礙。

「好久沒有這樣講電話了。」

「蛤？」明人的開場白令我錯愕，一時不知該怎麼回應。「什麼意思？」

「我是說用這種有話筒的電話。」我不自覺看看手上的話筒，說的也是，現在這種東西算古董了。不過，他幹麼講這個？

「小時候，我跟我哥把家裡的電話改成無線的，只為了半夜躲在房間裡跟同學聊天。」明人似乎沉浸在他的回憶裡，我很久沒看他這樣了。

說實話，我現在沒那種心情，畢竟我無法忽略我在看守所，眼前的鐵柵、壓克力板及我們身旁各有一排為不同原因受苦的人，氣氛不對，不適合懷舊。

「媽說大哥結婚後你就變了，是真的嗎？」

「大概吧。從此以後，所有的一切都變得無聊，連我哥也不例外。」

不用問，我、曉宇、妹妹都是無聊的一部分。

「你能不能幫我做一件事？」

「這不算是我的工作吧？」我刻意強調這點，他苦笑看著我，顯然眼神不帶歉意，但是祈求的意味快滿出來。

「不是，是我拜託你。」一聽他這麼說，想和他計較的心瞬間軟了。

明人大概也察覺到我的心情。他刻意仰頭張望牆上各處的監視器，然後右手指了指電話機座，他想提醒我，接見室有錄影錄音。也就是說，接下來他要說的是祕密。我看了他一眼，微微頷首示意我懂。

「你記得我們家常跑來松鼠嗎？」

「我知道啊！你很討厭牠們……」

「是啊！現在倒是很懷念牠們，曉宇也喜歡松鼠。」

他為什麼要提松鼠？會不會是幾年前他帶我去過的中途島個人倉儲，那裡有個松鼠標誌，可是跟曉宇有什麼關係呢？

「曉宇嗎？我問問他想不想養。」有生以來，我第一次用瞎扯的方式和人說正經事，其實滿刺激的。

「嗯。你問問他。」

我確認了，這件事要問曉宇。難道我想錯了，是只有曉宇知道的松鼠嗎？那是什麼？

「好。」

「拜託你了。」他正視著我，目光中彷彿凝聚了他所有的誠摯能量，接著他微微向我鞠躬，顯然剛才所講的一切對他無比重要，他希望我不要拒絕。

「我知道了。」我不太習慣他這樣，為了適應，我選擇冷回。

「正芳，我對不起你。」

再一次，這不像明人說的話。我開始有一種鐵窗後坐的並非他本人的錯覺。

經歷了這段時間他為我帶來的大大小小的絕望，對不起這三個字的價值實在不成比例。

「你是對不起我，問題是你要怎麼彌補？」

「我做的事你可能無法理解……」明人頓了一下別過臉，像是為了尋找能讓我理解的方法而痛苦。「以後，我……再告訴你吧。」

「我等你。」我心虛地說，其實我一點也不抱希望，但我又希望自己錯了。

●

「松鼠？」我和妹妹坐在餐桌一邊一起看著曉宇，期待他解開關鍵的問題。這讓我想到曉宇出生時，明人為他取的名字，意思就是知曉宇宙奧祕，看來終於派上用場了。但此時曉宇兩隻手肘撐著頭，嘟著嘴眼珠轉來轉去，彷彿這樣可以幫助大腦運動，看樣子他想不出來。

「會不會在……D槽？」曉宇顯然沒把握勉強說出口，加上害羞，我聽了想笑。

「D槽？」妹妹一頭霧水看著我們。

「每個男人都有D槽。」曉宇說。

「你有嗎？」妹妹好奇又期待地問。

「我還不是男人，好嗎？」

妹妹很失望哥哥沒有。她認真地幫忙想著，突然跑開上了二樓，過了一會又衝下樓到外面，最後我和曉宇看著她空手回到座位。「松鼠沒有送東西來。」妹妹說。「說不定明天才來。」我和曉宇看不懂她在演什麼，不過她表現出不要放棄希望。

「會不會和遊戲有關？」我一說到遊戲，曉宇和妹妹興致來了，但曉宇問了一個令我傻眼的問題。

「是實體遊戲或虛擬遊戲？」

「隨便。」我也只能這麼說。「會不會是推推松鼠？」我突然想到他們曾有過一個以松鼠收集橡實為主軸的實體遊戲，但很久沒看他們玩了。

「不可能。」曉宇有點心虛看看妹妹，妹妹回應以同樣的心虛，顯然兩人共謀了某件事。

「不可能是怎麼回事？」

「哥哥跟同學交換。」妹妹立刻出賣哥哥，曉宇不客氣拉她作伴。「是你說不好玩要賣掉的！」

「好了！你們別吵。你們再想想，還有什麼松鼠遊戲？」

曉宇起身，衝到電視櫃拉開下方抽屜認真翻找，熱愛模仿哥哥的妹妹不甘落後也跑去幫忙。

「我也幫忙……」

「走開啦！叛徒！」

「我自己找！」妹妹拉開左邊抽屜，學哥哥的動作摸來摸去。我心想妹妹大字認識沒幾個，便走過去擠到旁邊陪她找。

曉宇打開一本像是資料夾的東西，裡面都是遊戲卡帶。抽屜裡面有三本，加起來應該有超過百個遊戲。除此之外，還有幾乎裝滿抽屜的遊戲光碟，曉宇那邊是PS系列，妹妹這邊是Xbox。

我沒看到任何和松鼠有關的遊戲。妹妹突然決定丟下我跑進書房，大概是覺得無聊了。

「沒有松鼠。」曉宇宣布嘗試失敗。

「找到了！」妹妹在房間大叫，像是挖到祕寶。我和曉宇交換眼色，我們都不太相信。

書房桌子右邊最底下的抽屜被拉開，妹妹手上拿著一塊鮮橘色像是老式錄音卡匣的東西，曉宇湊近瞄了一眼抽屜裡面。「紅白機？」

妹妹把卡匣交給我，我看到上面的圖案瞬間懂了。

一隻兩頰塞滿橡實，躺在沙灘椅度假的松鼠標誌。

果真是中途島個人倉儲。

明人把倉庫感應磁卡黏在卡匣上，和抽屜裡其他的遊戲卡匣混在一起，沒有人會注意，來家裡搜過的警察也不例外。

所以，明人是要我去中途島，有東西藏在那裡，他只讓我知道。我該感到榮幸嗎？還是害怕？

「媽，是這個嗎？」妹妹充滿期待看著我，顯然很想確認自己立功好贏過哥哥一局。

「嗯，沒錯。」一聽我這麼說，妹妹立刻向曉宇炫耀。「我找到的！」曉宇以不以為然的鬼臉回敬。

「這是什麼遊戲？」妹妹問。

「媽又不玩遊戲，爸怎麼會給她？」曉宇敏銳地察覺到怪異之處。

「那爸爸是幹麼？」

「我不知道。我問爸爸。」

我說謊。我當然知道明人要幹麼，這是打開祕密的鑰匙。只是我不確定應不應該讓曉宇和妹妹知道。

我把小孩打發去自由時間，避免他們繼續想出我難以回答的問題。我一邊準備午餐，一邊考慮是不是吃完飯把他們送到公婆家，然後殺去中途島。

當我拉開倉庫鐵門，我會看到什麼？不祥的預感讓我沒有勇氣獨自去面對那一扇門。我想，如果要去鬼屋冒險，最好找個伴。

於是我趁熬馬鈴薯牛肋找了空檔，到屋外抽菸打電話給安可。

安可說她今天到公司加班，我之前沒聽過她會在假日工作。

「我跟我先生吵架，氣到不想待在家裡。找我什麼事？」

「我想找你去一個地方。」我刻意講得很神祕，她知道我的意思。

「我晚一點有約了。明天星期日下午可以。」

回到客廳，妹妹哭喪著臉跑來抓著我告狀，說哥哥欺負她，曉宇靠著沙發坐在地上頭也不抬看他的 iPad 連聲否認。

「哥哥怎麼欺負你？」

「他說五条悟又死了。」我只知道五条悟是個動漫角色，妹妹是他的粉絲，因為他很帥，又是現代最強咒術師。

「曉宇，你幹麼說五条悟又死了？」

「不是我說的，你看……」曉宇起身跑來，帶著他的 iPad，打開ＩＧ給我看一張巧克力餅乾的廣告圖。上面畫了五条悟，身體被攔腰斷成兩截，露出威化餅內餡，主要是呈現餅乾很脆的印象，我不解這到底有什麼好難過的？

「這哏是什麼？」我低聲問曉宇。我心裡納悶，怎麼沒印象他們在電視前看這齣什麼五条悟的，一定是用 iPad 或手機追劇。記得以前是大家聚在客廳一起罵電視，現在是各自抱著小螢幕躲起來。

「五条悟被宿儺斬成兩半，變成二・五条啊！最近網路在討論這個。現在又被砍了，妹妹就怪我跟她講……」二．五条？那不是跟我的二分之一人生一樣？

「他已經死了，還死第二次，我很難過啊！」妹妹的難過是認真的，雖然五条悟是虛構角色，廣告怎麼可以這麼殘忍？

可能是因為五条變成二．五条，我也滿同情他的。人類好可怕，竟然可以用餅乾羞辱現代最強咒術師。

「這種餅乾好過分，我們拒買抗議好不好？」

「好！」妹妹一聽我站隊，情緒找到宣洩出口，馬上回復笑臉。

「放心啦，五条悟搞不好會復活……」曉宇說。他的解說完成了，走回沙發繼續玩他自己的。

「真的嗎？」妹妹眼睛一亮，毫不留戀丟下我黏上哥哥問東問西。

說了半天，耗損大量腦細胞，我對五条悟依然一無所知。詫異的是，人竟然會關心虛構角色的命運，我真是不太理解。

星期天一睜開眼睛，耳朵先察覺外面在下雨，雨勢大到假日毀了，只適合在家睡覺追劇。不過我還是要按計畫去中途島。

一早我先把小孩送到公婆家，然後到桃園上班，帶著昨天煮的馬鈴薯牛肋。

「放隔夜再加熱一下會更好吃。」余董說，我照他的話做。

我在大雨中到超市買幾樣青菜和水果，然後到余董家。進門時沒看到余董，只有鐘點女傭在打掃，她告訴我余董在房間看電視，我想是聽電視。

我挑了芥藍和娃娃菜丟進水槽，其他菜放進廚房冰箱。這時貼在屁股口袋的手機響了，是周雨揚律師。

「呂小姐，我是雨揚……」

「周律師，你好。」雖然只見過一次，我竟然已經習慣律師出現在我的生活裡了。

「你好。嗯……我接到檢察官通知，今天早上看守所發現，鄭瑞文先生……他在違規房獨囚時自殺身亡……」

違規房、獨囚這兩個陌生字眼進入我腦神經迴路，我像是電腦當機暫停洗菜動作，一手浸在水裡不知該如何反應，甚至不明白流理臺水龍頭的水為何一直往下流瀉。我明明聽到沙沙水聲，但同時間空氣彷彿凝結，令周遭其他聲音、物體的移動全部暫停，連帶我知覺麻木、身體僵硬。余董家廚房的氣密窗隔音效果很好，我完全聽不到外面雨聲或車聲，只見市區上空籠罩在濛濛雨霧中，這景象好熟悉，是不是之前就是如此，以後也會一直這樣……

「你要轉達給鄭先生爸媽嗎？還是我代勞？」

我不知道。「不用……我……自己來。」

鄭明人你這個笨蛋！你竟然學你哥一樣自殺?!

我不敢說自己有多難過，畢竟我是前妻。我想，我更多的是氣，更多為曉宇和妹妹難過。

當我在太平間看著法醫掀開明人遺體上的蓋布，讓公婆和我確認身分，我又開啟靈魂跳脫模式，在我和公婆身後幾步外看著這一切。

「他……為什麼……皮膚發藍？是中毒嗎？」公公問。公公一說我才注意到，明人蒼白的肌膚隱隱透著淡藍色澤，雖然不太明顯。

「那是紫紺，窒息死亡的體徵。」法醫說。

我想起安可說的，她看到明人背上的刺青，但現在他躺著看不到。我很想請法醫把大體翻身，但想不出正當的理由，何況他爸媽看了恐怕會更難過，我決定作罷。法醫看了看在場家屬，發現我們沉默不語，便拉起蓋布一角，重新蓋住不鏽鋼解剖檯上的屍體。

額頭中央突起一顆綠豆大黑痣的檢察官說，鄭瑞文昨晚在餐廳用餐盤攻擊一名因性侵殺人案入獄的受刑人，這名受刑人常向其他人炫耀他的戰績，前幾天雙方為此曾經發生口角。事發後鄭瑞文遭到看守所人員懲戒送進違規房獨居，在上午點名時被發現他用棉被蓋住全身，以垃圾袋套住頭讓自己窒息而死。所方發現後緊急處理，先讓所內醫師急救，同時間通報市政府消防局執行救護。救護車於上午七時許到場，但鄭瑞文已無呼吸、心跳等生命跡象，雖緊急送醫院急救仍回天乏術。經初步相驗，無外力介入造成死亡，應是自殺。

「家屬對死因是否有異議？」檢察官以不容異議的嚴肅口氣說，我不禁想他一天要問幾次這種問題？但話說回來工作不就是這樣。

公婆搖頭，沉默地沒有異議。我扶著婆婆的手變得吃力，她快站不住了，公公發現從另一邊幫我撐著她。

從我看到公婆那一刻開始，他們沒有停止流淚過，到現在眼淚都用完了，只能在痴呆狀態中接受一切。

公公簽了死亡證明書，檢察官將裝著明人遺物的封口袋遞給他，完成程序後他們就走了，我聽到檢察官在門外說要趕往下一攤勘驗，一個工廠火災現場。

下一攤。工廠火災。雖然聽起來比我們慘，但此刻我分不清誰比較慘。也許最慘的是檢察官，因為他要見證各種死亡。

兩名穿著西裝的年輕男子向公公和我遞上名片，說他們是某生命禮儀公司的工作人員，接下來他們會先把大體移到隔壁暫時性的靈堂，我們可以請他們處理接下來的後事，或者自己找其他公司。

「請問鄭先生有宗教信仰嗎？」

「沒有。」我說。我第一次想到這個問題，明人有什麼信仰？聽起來一個很重要的問題，怎麼到了身後才因為被一個陌生人問到而想起？

「那我們就按一般佛教儀式安排。」

「爸，可以嗎？」我是不在乎，本來想說隨便、都可以。

「可以……」公公看看婆婆，她也點頭。

工作人員引領我們走出太平間，請我們在走廊稍候。我讓公婆在靠牆的長椅坐下來，順勢把公公手上的封口袋拿過來。

我現在關心的是明人的遺物。但我很快就失望了，封口袋裡只有眼鏡、結婚銀戒、一只蘋果手錶和幾百塊現金、零錢。沒有信，連一張紙條也沒有。

明人說要寫信給我，果然只是說說。

數年前來過的中途島個人倉儲，印象中的破敗工業區和荒地，數年後周遭突起許多高樓建築，還有高速公路引道。

星期一感覺大家在路上忙著跑來跑去的下午，我和安可開車穿過一條兩側都是建築工地的雙線道。等紅燈的時候，街口殘留一棟沒跟上都更的三層公寓，一樓店面是一家情趣用品店，閃著心形霓虹的櫥窗玻璃蒙著一層厚厚的灰塵，除了一個穿黑色性感內衣的模特兒和粉紅色蕾絲窗簾，好像沒擺什麼商品。

「到底誰會來這麼無趣的地方買情趣用品？」開車的安可說。

「說不定明人買過。」我是認真這麼想，明人太多祕密，情趣用品很適合他。

「呃……」安可吐吐舌頭作勢想吐，表示她不認同明人是這種人。

導航帶我們找到中途島，安可把車開進停車場。停車場柏油和畫線很新，地上沒有垃圾，以前只是一塊可以停車，同時堆放廢棄物、長滿雜草的不平空地。

我和安可下車，她瞄一眼我手上拎著的提袋。

「你帶了什麼？」

「一些清潔用具。」

安可噗哧一聲笑了出來，即時用手心掩住噴濺的口水。「你有病。」

倉儲出入口處整齊停了一排小型電動貨車，我用遊戲卡匣取下的磁卡穿過自動閘門就直接進入，不須再經過人類存在的關卡，感覺就像搭捷運一樣。憑著記憶左轉走向D區，總共有五區，每一區長得一樣，都是一條筆直的通道加上兩側排成兩列的倉庫，通道寬度容得下兩臺電動貨車會車，整個空間如同我記憶一般新，像停車場一樣乾淨令人放心。

我和安可決定用走的，因為我們不知道明人留在裡面的東西，是要繼續放著就好，還是需要移走。

一臺電動貨車從B區轉出來，兩個男人載著一車動物標本往出口開，把安可嚇了一跳。我看到一頭站立的臺灣黑熊，右眼裝的玻璃珠掉了一個，也許有人想到要把它們找出來修一修，讓動物們看起來比較有生氣一點。

因為黑熊和它的動物夥伴，我在望著各區通道兩側大部分鐵捲門緊閉的個人倉庫時，忍不住會想藏在門後面各式各樣的東西。

走到D區，我在通道盡頭找到429號倉庫，除了號碼，它長得和其他倉庫一模一樣。

「你找我來是為了分擔你的恐懼。」

我和安可站在鐵捲門緊閉有如一面牆，後面存在明人祕密的倉庫前。我轉頭看著她，「不只這樣。因為你比我了解他。」

安可顯然很高興我這麼說。「來吧！我們來看看他在搞什麼?!」

像是被安可激勵，我將卡片放到感應器上嗶聲一聲鐵捲門自動緩緩上升，謎底即將揭開的緊張感同步竄高。

除了靠牆多一個橫躺的等人高長形木箱，倉庫內的物品、陳設和我的記憶比對後似乎沒有任何變動，原先預想裡面應該很髒，至少東西上面都會蒙著灰，結果出乎我預料的乾淨。

「明人是不是來打掃過？」安可走近層架，摸摸架上明人兄弟收藏的麥金塔電腦。

「我想是。」

安可和我四下察看，試著尋找明人祕密的線索，我把層架上所有東西逐一看個仔細甚至拿起來檢查，一無所獲。

「這什麼？」安可指著架上一只看起來普通的黑色手提皮箱。

「別碰！會觸電。明人跟他哥做來整人的。」

「真的嗎？」安可雖然懷疑，但卻不敢動手嘗試。

安可放棄對皮箱的好奇，拿起旁邊一個像是樂高積木的塑膠方塊，上面有兩根管子。「這什麼鬼？」

「個人攜式空氣濾清器。」這什麼鬼？我想起和明人交往時，我問他最得意的發明是什麼？他提起這玩意，當時我的反應也是如此。聽了他的解說後，我卻笑個不停，覺得他和哥哥認真搞發明卻像在搞笑。

「這怎麼用？」

「把那兩根管子插在鼻孔上。」

「真的？」安可一臉懷疑我在唬她。

「真的。」

「你試給我看看。」

「不要。」

安可很受不了地搖頭，笑著把明人和哥哥的得意發明放回去，走到牆邊的木箱前。

「應該就是它了。」我說。

我和她試著打開，但發現它被釘子封死。我看了看，現場沒有工具，層架上倒有幾座明倫參加科學展的獎盃。我心想反正明人死了，他沒機會罵我了，心一橫便從架上抓下兩座，一座尖端當撬棍，另一座底部當槌頭，和安可合力撬開木箱頂蓋。

我掀開最上層的泡泡紙，底下還有一塊黑色絨布蓋住，絨布上面有一張寵物天團名片，原本期待會有一封信，依然沒有，只是有一本看起來像是日文說明書的小冊子。

「會不會是一隻羊？」我拿起寵物天團名片說。我想到電影演過一個男人把情婦藏在飯店裡，結果情婦是一隻羊的情節，而且是認真的藝術電影。

「不是。」安可讀著說明書封面的表情像是拉下抗拒的屏蔽，似乎看到比羊更加神祕禁忌的事物。

「上面寫什麼？」

「……打開，你就知道了。」

我拉起絨布，熟悉又詭異的一幕出現，霎時我什麼都懂了，身體的反應是轉過身不想看，安可卻死盯著箱裡的東西，像是在和人比賽誰先眨眼就輸了。為了不輸給她，我逼自己回過身正眼看。

箱裡躺著的是一個女性矽膠人偶，我好像在哪裡看過她，她有一頭天青色的短髮，穿著接近髮色的吊帶洋裝套短袖白襯衫，襯衫領口綁了一個小小的紅色蝴蝶結。

雖然喉頭、食道間有噁心反應，但我不得不承認，人偶很美，五官細緻，肌理質感像是PS濾鏡處理過，型態、色澤描繪傳神，製作工藝水準一流，日文說明書配得上她。

我想起來了。是幾年前在有海產店的漁港，曾經讓明人看得入迷，忘卻一桌海鮮和一家妻小，在夏天的陽光下的碼頭徘徊的女孩……

回憶令我混亂，我一時腦盲加上手足無措，不知該如何面對這個東西。稍一回神過來，身旁的安可不見了。轉身一看，她掩著嘴疾步衝出倉庫，蹲下身一手撐牆吐了起來。

塗著灰色防滑漆的地面一灘黃色咖哩狀的液體，像是褻瀆了努力保持永恆如新的中途島。我雖然覺得抱歉想立刻把地上清乾淨，但此時我有更重要的事，暫時沒餘力管了。

安可向我伸出手，我趕緊從口袋掏出面紙遞出去。她低頭盯著那灘液體，用面紙抹一抹嘴。「你不覺得噁心嗎？」

「怎麼可能不噁心，只是我有心理準備。」

安可看著我。「什麼心理準備？」

「我來這裡，就是為了理解他。如果一直噁心就沒辦法了。」

安可默默把自己弄乾淨後，起身逕自走回倉庫。我壓下按鈕讓鐵捲門降下，然後走去開了燈。不是為了和嘔吐物劃清界線，而是我想到眼下的人偶可能與明人的犯罪有關聯。

安可走回箱子旁邊，看來是要逼自己再次面對人偶。不愧是對自己嚴格的國立大學理科高材生，像我這私校畢業的文組就不會這樣。

「這只是幻想產物，這只是幻想產物……」安可努力催眠自己，結果反而讓我產生人偶下一刻就會坐起來的錯覺。

「明人為了她殺人？」我覺得可怕的是這個，但是這問題本身就很瘋狂，實在令人難以接受，何況我跟他有過一段情感和婚姻糾葛，該去旁邊吐的人顯然是我。

「不知道。」安可冷冷地說，口氣說明她在生氣。事實上，我也很氣，我氣得想瞬間移動到太平間拉開冰櫃把明人叫起來罵。「他這樣自殺，是不是怕被我們罵？」

「有可能，這傢伙太狡猾了。」安可說，眼睛不離打量著人偶。「嘴巴那邊好像有被破壞痕跡……」我湊近看個仔細，說著她掀開人偶裙子，我嚇了一跳，然後又扯下人偶的內褲，看到人偶下體。

「這人偶不是擺好看的。」安可含蓄的說，含蓄裡面另外包含著悲傷，我原本以為她會直接用性愛人偶這類字眼。「她那裡也有被破壞的痕跡。」

安可說得沒錯，下體陰道看起來遭到銳利的刀之類的器械連續戳刺，造成破碎裂口。我知道人偶不會痛，但我卻在某種程度上感受到那個痛，至少我可以想像明人為此心碎，雖然我很討厭此刻的自己竟然替他想。

「雖然猜得出來發生什麼事，但我們也只能猜了。」我說。我心裡想的故事是這樣：我前夫為了心愛的人偶遭到暴力破壞憤而殺人，他因為自己的癖好感到羞恥說了很多謊言隱藏祕密，最後卻為了某種原因選擇告訴前妻，完。

人偶沒什麼好看了，我和安可把泡泡紙、絨布放回去，木箱蓋歸位。搞定後我們才發現說明書和名片忘了，安可把說明書拿來翻了翻。

「這女人不便宜。」

這女人……安可開始把她當人了，我可以理解，因為我也是。不過，我是不關心她要花多少錢。

「你上次說的爽身粉，我知道答案了，是用來保養她的皮膚。」

「原來如此。」

明人再怎麼努力掩蓋，還是遺漏了細節。不過，平常人也不會想到爽身粉有這種特別用途。

「我不懂的是，這名片要幹麼？」安可手指挾著寵物天團名片問，名片正面只有寵物天團四個字，背面訊息是網址和電話。「這名字聽過……」

「他說是客戶。」

我用手機連上網址，它的首頁放了密密麻麻的圖文，賣各種寵物用品，主打強調無鈉無添加物的寵物熟食。網頁規劃風格不像是明人做的。明人沒騙我。

「名片放這裡，是想告訴我們什麼？」

「她是寵物？」

安可認真想了想。「好像說得通，寵物對人永遠不變。」

「在明人心中，她也永遠不變。」我說。

「愛是不是只會變得越來越少？」我第一次聽安可說這麼傷感的話。

「也有可能出現斷崖式下墜的情況。」

「也是。但大部分應該是我說的那樣。」

「我想，只存在回憶或當下，或是得不到吧。」我不確定。回憶和當下都虛幻飄渺，相較之下，得不到最可靠。

「你在說我嗎？」安可看看我。她終於承認對明人的情感。之前說什麼只有性之類的，現在不想跟她計較了。

「我不是故意的。」

「故意的也沒關係……我們有在他的回憶嗎？我懷疑。」安可說。我們？我和她地位扯平了？

「我想沒有。」我說。

「哪有永遠不變的……真幼稚……變態。」安可說。口氣陰沉，應該是對明人失望透了，也許是因為她對他的期望比我高多了。

於是，我們，兩個被永恆打敗的女人一走出中途島，就在停車場一起抽菸，還連抽了兩根。空曠的停車場吹的寒風無處可躲，特別適合縮著身體抽菸，尤其是被永恆或改變打得無力還手的時候。

「要不要去喝酒？」安可坐在駕駛座，好像一時忘了自己要幹麼遲遲沒發動車子發著呆看著方向盤。

「走！」雖然明天要陪公婆處理葬儀的事，反正一切都看他們的意思，我並不需要特別保持理智清醒。小孩只要待在公婆家即可，余董那邊已經請喪假，有何不可？

傍晚時分，安可把車開到市區一家高級飯店地下停車場，計畫安排是在酒吧喝到醉，然後直接在飯店房間過夜。

可能是喝酒時間還沒到，位於三樓的酒吧除了我們沒人。除了演奏得不知所以的輕音樂沒有煩雜的人聲，而且光線很像在白天躲進洞穴深處，適合想逃避的我們。雖然一樓中庭有人在彈半調子的流行音樂，幸好空間大距離遙遠，不然等一下我喝醉可能會衝到一樓叫他轉行。

安可點威士忌加冰塊，我也是。這種時候適合喝簡單直接的酒，把胸口、胃裡一些複雜的東西化掉。

「我們沒有喝過酒，對吧？」安可說。她連續啜了幾口威士忌。不知道是不是燈光的關係，她臉色飛快漲紅。

「是沒有。」

「我需要壓壓驚，你也是吧？」

「廢話。我受驚程度不會比你小。」

「但是，有一個好處……」出乎我意料，才一杯威士忌，安可身體、說話方式就不受理智控制了。「我們對明人的感情變得一致了……都是那個女人……她叫什麼名字？」

「我不知道。」

安可左手高舉酒杯朝酒保揮，要求續杯，酒保沒有發出任何聲音，優雅又迅速地把另一杯威士忌送到她面前。

「我知道……她叫藍藍……」

嗯，她真的醉了。我很想跟她一樣，直接整個人泡進酒精裡。可惜我還有一部分清醒著，正在聽她肆意胡言亂語，我偶爾附和幾句。

「跟我說一堆什麼大象，狗屎！」

安可聽了呵呵傻笑，瞇眼兩手抓著我，頭一垂重重靠在我的手臂上。「大象很可……愛……」

「把門卡給我。」我說。

「門卡？幹麼？」

「趁我還有一點清醒，我把門卡收好，免得找不到。」我突然想到她有容易掉鑰匙的毛病，更不用說現在喝醉了。安可放開我比個V手勢，我不知道什麼意思，然後從包包掏出門卡抓住我的手腕，慎重放到手心裡。

我在做什麼？以後我要照顧明人的爸媽、小孩，連他的前情人兼合夥人也一起照顧了。不過，我對安可沒那麼介意了，何況，我們一起經歷人偶事件，算是同病相憐的朋友吧？

「你知道明人在幹麼嗎？」安可不管我是否回應顧自說著，「他躲在那個工作室，跟那女的廝守在一起，不讓人知道，多麼神祕美好的世界，簡單不變的愛情，我們呢？我們是什麼？幫他擦屁股？狗屎！你不生氣嗎？」

「我怎麼可能不氣，我想殺了他，可惜他死了。」

「不，就算他死了，我們再殺他一次！」我們一起認真地詛咒明人，反正喝醉說的話不用負責任又沒人聽見。

總之，我們一起把自己灌醉，一起罵明人。主旨就是希望他活過來，讓我們再把他殺了。

我以為是半夜了，睜開眼看到床邊液晶時鐘顯示，才晚上九點多。我聽到房間有蒸氣熨斗規律的噴氣聲，正納悶為何有人在燙衣服，回頭看到安可在隔壁另一張大床躺成大字型睡著，噴氣聲來自她打呼。

我撐起手肘半躺在床上看著因為醉到沒拉上窗簾透著城市夜色的房間，天空有一閃一滅的星點緩緩平移，不知道是要去哪的夜航班機。我想不起來我們是何時又如何把自己弄到床上的，可能是我在剩一丁點清醒的狀態下做了正確的事吧。

房間出奇的大，感覺空間可以擺下十張床，可能是總統套房之類的規格。我第一次住這麼大的房間，猜想一晚費用可能數萬。安可是失心瘋了嗎？

想到我之前的二分之一三日計畫，有一項是來飯店住，現在算是實現了。只是我沒想到是跟一個女人，之前還滿討厭的女人。

我下了床，走到窗邊才發現自己身在大約三、四十層樓的高處，遠眺城市夜景的絕佳位置。回頭看看睡死不動的安可，因為她，我才來到這裡，儘管明天要回到明人死後所帶來的各種煩人的俗事，但至少此刻我感覺待在一個可以稍微遠離得到喘息的地方。

我好像稍微理解明人了，雖然這不是愉快的經歷。

一個念頭越來越清晰，如果我不去找方姊，沒讓徵信社介入什麼也不做，也就什麼都不會發生。因為明人和他的人偶不管關起門做了什麼，即使不是光彩的事，他們沒有損害到任何人。雖然我是因為明人傷了我而做了什麼，但結果並不是我想要的，因為結果是我對他的間接傷害更加嚴重。

明人所有的謊言都為了她，他為她編了一個故事，中途改過一次情節，但依舊是謊言，直到死前最後一刻，他才開始對我說真話。他不是為了保護自己，是為了保護祕密。

我再也忍不住，看著玻璃映著我的臉，流下的淚，和整個城市的光以及更多的幽暗，我不禁想明人和人偶原本打算留在那片幽暗裡，我卻白目地踹開門闖入還打開手電筒到處照來照去。當我關掉手電筒，我才發現我心中的懊悔也融入到幽暗之中。但我同時不斷在心裡對明人發問，你這傢伙到底是要我怎樣？我有辦法承受這些嗎？我就算愧疚，耐心也是有限的好不好……

手機在某處響了一聲，把我從沉浸的情緒拉出來。

我回頭試圖循聲辨位，但因為宿醉虛脫到失去方向感，於是我從睡的床找到客廳，最後在浴室馬桶旁邊的地上找到。

拿起手機一看，有一封email，只是彈出的視窗顯示的部分訊息全是亂碼。

我打開信箱查看，一封最新的未讀信件寄件者是亂碼，看起來很可疑，會不會是釣魚病毒？

我點開信件，瞬間跑出像是程式代碼的內容，我當然一個字不識，但馬上想到這是明人的信。唯一讓我看懂的只有信件開頭像是警語的中文：本信件為系統自動發送，請勿回覆。

我把目光湊近手機投向寄件者欄位後的小字，有日期，發送日期是今天，十一月七日，剛剛，晚上九點三十七分。

是明人嗎？我懷疑了。明人昨天死了。

系統自動發送？如果是他死前就設定好寄出時間就有可能。

有希望！我馬上打手機給曉宇，他沒接，現在是他睡覺時間，但我一刻也沒辦法等，於是我打室內電話給婆婆，因為她沒事通常都坐在電話旁邊的沙發座位上，果然婆婆接了。

「媽，曉宇睡了嗎？」我盡量壓低聲，怕吵醒安可，心裡一直祈禱曉宇因為我不在婆婆管不動貪玩還沒睡。

「怎麼了？」婆婆有點擔心的口氣，好像怕我是來查勤，「晚上我一直叫他早點睡，他……」

「還沒睡嗎？你叫他來聽！」

「你不要罵他……」婆婆完全沒聽出我口氣中的興奮味。「我有事找他，你快叫他來！」

「等一下……曉宇……媽媽找你……」婆婆在話筒附近大喊。

曉宇很怕被我罵，壓低聲連連問婆婆我要幹麼，婆婆催他快接，這小子機靈得很。

「媽……」

「曉宇，我問你，我收到你爸寄來的email，裡面都是程式碼和亂碼，你知道怎麼弄嗎？」此刻我已經不管警察了，反正檢察官說明人死了，不起訴處分，結案。

「等一下……」曉宇沒有馬上回我，而是一陣沉默，我以為他在思考。「喂……我換個地方說……」他同樣壓低聲，這次是怕公婆聽見。「你說爸的信嗎？」

「對！」

「簡單。」

「蛤？」我沒想到他會這麼乾脆。「……你可以馬上弄嗎？」

「哦……好吧……」

「幹麼不甘願，這很重要！」

「好啦！」

「還有……」

「我知道，不要告訴別人。」

把信寄出後，我唯一能做的就是等。

安可的睡姿一模一樣，而我已經沒有睡意，雖然腦袋還是有點沉。

為了不讓自己想太多，我決定洗澡。畢竟，總統套房的浴室我沒洗過，裡面有一個可以躺兩個人的圓形浴缸。

我把熱水加到半滿再混合冷水，然後到廚房冰箱拿了一瓶可樂，沖完身體後我躺進浴缸，喝著可樂等著。既然必須等，就用最舒服的方式等。

波吉

明人的葬禮比我想像得來得快。我看到安可和幾個明人的同事一起出現，她和一個星期前醉倒在飯店酒吧的安可不同。可能是燈光和氣氛的關係，我比較喜歡喝醉胡言亂語那一位。

白天加上葬禮場合，大家都盡量把心情轉換到哀戚拘謹狀態，每個人看起來都差不多。

至於公婆，他們的悲傷到了葬禮之時，已經疲憊不堪。曉宇和妹妹第一次經歷死亡，他們對死亡還沒概念，只知道爸爸離開了，不會回來了。

葬禮本身沒什麼好說的，總之是如果能不參加該有多好。我在儀式進行當中下定決心，如果我死了，直接燒一燒然後丟進海裡，不需要葬禮。

葬禮結束後，趁等火化的空檔，安可特地走來找我。

「有空找我喝酒。」她說。我頷首答應，她拍拍我的手臂，然後和同事一起離開。

把公婆和小孩送回家後，我想到失去聯繫的方姊，所以走到她家門口，剛好仲介小廖從她家走出來，我看到二樓朝向街上的落地窗貼了大大的售字廣告，瞬間明白為何她失蹤了。小廖跟我聊了幾句，總之方姊沒住這裡了，房子委託他們公司賣。

小廖走了以後，我繼續待在方姊家門口，心想她沒跟我說上一句交代的話就這麼跑了未免太不像她了，她是覺得對我很抱歉，還是我給她造成麻煩？也許兩者皆是，也許她遇到了超出我想像範圍的事，總之她不想給我理解的機會決定離我遠一點。這點倒是和明人很像。

這樣也好，我不必跟她說明人後來自殺和我發現他的祕密的事了，也許她從新聞知道了一部分，所以覺得最好的選擇是不要再聯絡了，我們各有的難言之隱遇見了也只是無語的尷尬面對。

其實，我很想和她一樣，什麼也不管就跑了，但是我不行。

於是我回家，騙公婆和小孩我要去工作，獨自開車上路進行明人拜託我為他做的事。

這件事比想像中簡單，但同時很難。

曉宇解開那封信，用明人設計的私房解碼軟體。曉宇說，那是爸爸和他的祕密遊戲。他只用三分鐘就完成了。也就是說，那晚在飯店，我在洗澡時，他就搞定了。

後來他問我信裡說什麼，我以大人的狡詐套他話，確認他沒看過內容。因為裡面字太多了，畢竟他才小學二年級。我本來很擔心他看過，會在他心裡留下陰影。

所以，我連他和妹妹一起騙，以謊言清洗謊言，說爸爸交代我一些家裡的事，錢的事，阿公阿媽的事，一個字不提那個人偶。我是打算等他們成年後再說，也許那時很多人類家裡有機器人伴侶，人類以後只和ＡＩ說話，他們會欣賞走在時代前面的爸爸。至於公婆，他們繼續保持無知比較妥當。

車子過了北投，午後的陽光從雲隙探出。一路到三芝山上，都是適合出遊的天氣，可惜和我同行的是人偶，她躺在箱子裡，明人為她取了名字：茉莉。對這個名字我沒什麼意見，只是會想到茉莉漢堡，他可能沒想到，不然就是他太愛這個名字。

明人確實是為了茉莉殺人。

羅吉藉由保全同學的協助，潛入明人的工作室安裝隱藏式攝影機，拍下明人與茉莉性愛的畫面，後來還以暴力方式凌辱茉莉，嘲笑明人是有錢的變態，並進而勒索明人。明人同意付錢買下錄影內容，約定某夜於雙溪山區交易。明人將贖金分成兩部分，部分放在帆布提袋，另部分裝在明倫設計的整人皮箱內，只是這個皮箱被明人用電擊槍改裝過，威力大增。

明人交出錢，羅吉的迫不及待成為他致命的弱點，他拉開提袋看到滿滿的鈔票卸下心防，便直接把雙手拇指壓上皮箱金屬開關，全身一陣顫抖便倒地。

處理完羅吉和車上的追蹤器，明人開始他的忙碌之夜，進行兩個故事版本的布局，為此他故意到旅館拍下自己召妓的鏡頭。接著回工作室製造打鬥痕跡，並跌下樓梯讓自己受傷，然後將茉莉裝進一個直式的公文櫃裡，開車將她送到中途島。回工作室後，他威脅利誘與羅吉共謀的當班保全，逼他將監視器硬碟調換，說好若事發該如何應對警方。往後的日子，他一直將茉莉放在中途島，經常待在倉庫裡陪她，心裡掙扎著是否讓她走向死亡，直到警方查出他曾匯款到日本，因為擔心茉莉的事早晚被挖出來，他決定自殺，讓司法程序中止……

平凡人生是努力往陽光爬，明人卻偏偏往黑暗的地底扎根。而我，還幫忙推了一把。

明人沒特意解釋為何用明倫做的整人皮箱當殺人工具。不過他在信中說到，當羅吉被擊昏倒下的那一刻，他想到哥哥。或許，這是他們兄弟最後一件合作完成的事。

我在一條產業道路盡頭找到寵物天團，明人要我做的是為茉莉辦一個葬禮。沒有儀式的要求，只希望我幫她火化。選在明人葬禮同一天是我為了方便，因為我想一天解決兩個葬禮。

曉宇解碼後，等安可清醒過來，我在飯店的咖啡店將一切告訴她，並問她要不要參加茉莉的葬禮。

還在宿醉頭痛的她拒絕了。「我到現在還是有噁心感……你不會嗎？」

「我想通了，她只是明人的鏡子。」

「鏡子？你太天真了。有人會跟鏡子做嗎？」

「我不知道有沒有人跟鏡子做，不過你幹麼拿稻草人當靶?!」

「……抱歉。我只是很受不了……」她沉默了一會，像在尋找自己的心情。

「你為什麼願意為他這麼做？」

這是一個好問題。

「你不去的話，就只有我了。我不得不去。」我說。

「無聊的責任感。」

安可的話讓我感覺像吞到魚骨頭。不過，我知道自己並非因為責任。其實，我大可把茉莉分成幾袋丟進垃圾車，反正只有我和安可知道她的存在。只是，這麼做我會良心不安，鄙視自己。

安可的不屑，還是刺激了我試著想我到底為什麼？

為了這個家的尊嚴、面子嗎？我想是。當然，也包括我自己。

即使明人深愛他的祕密，即使他是那麼驕傲的人，他也很清楚，那是見不得光的。只是，他也不想留在光亮處，寧願和茉莉待在無人知曉的洞穴裡。為此，他願意付出一切代價。而我和他的家人都是代價的一部分。

他是那麼自私，卻又純粹。我既羨慕，又想殺了他。我既愧疚，又想理解他。

雖然這個理解很痛苦，就像把臉分享給別人吃也很痛。

然後，我開始同情茉莉。

茉莉是一個受到侵犯的被害者。我這樣想，一定是傻了。但我會同情茉莉，不能不說是因為同情明人吧。或許應該說，明人的作為我並不是完全認同，畢竟他傷害了很多人，連我也被傷害了。然而，我同情他的影子，投在茉莉身上的影子，即使這個影子只對他一個人有意義，但我的意識邊界已經模糊，無法單純把她視為物品，彷彿她被注入了靈魂。

我根據指引牌把車停在一間輕鋼架搭成的白色平房前，感覺像是工務所。下車走進去沒看到人，往前湊近服務櫃檯，一個留平頭的中年男子坐在裡面戴著耳機低頭打手遊，看到我這個顧客上門，有點不捨地摘掉耳機、放下手機。他和大富是同一路的，花很多時間健身，只是兩條一字型眉毛加上一字型鬍髭很有喜感，像三條黑線構成的表情符號畫在臉上。

「有什麼事？」男子對我的出現似乎有點吃驚。

「你好，鄭……瑞文先生有預約。」

「啊……」男子醒悟過來像是終於想起今天還有工作。「我看一下。」他從抽屜抽出一個檔案夾。趁他低頭忙著翻找，我張望著四下，這家寵物墓園辦公室很低調，沒放任何招攬生意的廣告或商品，跟它的官網反差很大，感覺像是兩家不同的公司。

「有了。」男子起身，「茉莉在哪？」

「在車上。」

「稍等。」老闆到辦公室後面弄來一臺四輪推車。我帶他到車子後面，打開後車廂。他慎重地把木箱拉出來放到推車上，我想幫忙還被他伸手制止。

我跟在推車後面，從辦公室右邊拐進一條安靜小徑，兩側種了修剪得像長條蠟燭陣的柏樹，偶爾聽到山間的鳥叫，心想生命就這樣走最後一哩路也不錯。

老闆把推車停在辦公室後面的雨廊下，雨廊面向小徑一側放了一張長木桌，上面有石刻香爐及成對的燭臺、空花瓶。這時我才意識到我什麼都沒準備。他從後門進了辦公室又很快出現，手上拿著兩束花和一包香，也沒問我便把花放入花瓶，抽出三枝香點燃，我想明人事前都交代他了。

「我來。」

我從男子手上接過三枝香，站到香爐前朝木箱即將出發的方向拜了拜，然後插到香爐裡。短短的時間內，我沒向誰說什麼，只是藉由三枝香為明人向她道別。

完成後，他遞上一個表格文件要我簽名。我想好鄭明人的新名字，慎重簽下鄭瑞文三字，因為我是替他做這件事。表格只打著鄭瑞文名字和手機，寵物名稱是茉莉，其他都空白。

「請問，你是鄭先生的……」

「前妻。」我本來想說朋友，但我沒自信他把我當朋友。

「鄭先生是說他朋友會來，不過沒關係。」

他說的朋友，應該是我吧。

在明人人生最後的時刻，他寫了一封信對我透露他的祕密，而我為他完成了祕密，這樣我們算是朋友吧。

男子考慮了一下。「冒昧請問，你想看ㄊㄚ最後一眼嗎？」

這個ㄊㄚ好複雜。我不確定他說的是她，它或牠，從表情和口氣猜不出來，他一直都若無其事的樣子，我有點想問他能不能用寫的。

「不用了。」

「嗯，那最後剩下的骨架，由我們處理嗎？」

「骨架？」我小小慌了一下，那是什麼？

「我的意思是最後會剩鋼架。」

原來他早就知道茉莉是什麼，只是貼心地避免我尷尬。

「麻煩你處理。」

「好的。那我們就到這裡，請留步。」

「所以，我可以走了？」

「是的。接下來，就由我送茉莉去彼岸……」

彼岸？他竟然說彼岸？一般人會說上路之類的吧？

我站在原地望著他慎重地推著車離開雨廊，沿林蔭小徑緩緩向山坳前進，直到消失在山丘後。

此刻我心裡一個念頭湧上思緒。

瑞文，茉莉，人與人的投影，遙遠又幽暗的彼岸……

把車停在海邊防風林的土路邊，我下車從後車廂拿出余董的樂器盒。

我一開後車門，波吉便迫不及待衝下車往海灘方向跑去，這裡牠很熟。

我將樂器盒放在余董身旁椅座上，「余董，你的小號。」

「好，謝謝。」他伸手來回撫摸著盒子，像在摸波吉。

「你的手機呢？」我一問，他從外套口袋掏出我幫他買的老人機朝我揮揮，閉著眼就可以打給我的那種。

「車窗要降下來一點嗎？」余董不太喜歡冷氣，現在算初冬了，今天海邊只有微微的風不太冷。

「好。」

我降下副駕車窗形成通風口，然後熄火。「我走了。」

「好。」余董已經打開盒子，拿出他的小號，裝上吹嘴。

我往防風林走去。不一會，我聽到余董常吹的〈我愛你波吉〉。聽起來滿悲傷的，像垂死的夢。

余董是最近開始帶小號到海邊，當我去蹓波吉，他便在車上吹小號。在車上吹好處很多，音場集中又不會困擾沒興趣聽的人。

他跟我說，他從小就學小號，母親卻反對他走音樂的道路。大學畢業到美國念MBA，最快樂的是常和同學去酒吧混，聽人演奏爵士樂，還試過參加樂團，但終究體認到自己的實力不到職業水平。就算打工，也只能去迪士尼樂園，穿著誇張的紅色方格紋西裝頭頂高帽，像愛麗絲夢遊仙境中的人物在園區繞圈圈遊行取悅客人。那種生活讓他感覺自己像個假貨。所以，拿到學位後他乖乖去銀行上班，對普羅大眾心靈沒什麼貢獻。結婚以後，假日偶爾他會一個人開車到海邊吹，妻子稱之為精神外遇。

現在，在海邊吹小號是他人生最後一件想做的事。因為當他處在這個時刻，由身體內催動力量奏出音樂讓他感覺自己活著，音樂召喚來各種無形的感觸又從耳朵反饋給他，彷彿進入自我滿足的循環。他不需要看見了，即使失去視力也看得見，滿懷回憶卻又有一點希望。

看到海了，小號樂聲在我身後的遠處低調揚起，雖然余董貌相不討好，但此刻他待在車裡，外表年紀如何都不重要了，小號完全代表了他。死掉的夢，垂死的夢，微小的希望全在風中悠轉，也許不會有人知曉。無所謂，至少我聽到大象向著遠方鳴叫。

波吉遠遠看到我了，好像滿懷開心的事急於訴說向我跑來，牠在我跟前連連哈氣仰頭看著我，我從沙灘撿起一根粗短漂流木，隨手丟出去，波吉瞬間轉身像子彈飛奔出去，咬起漂流木身體一甩立刻轉向又跑回我身前，全身不安分仰頭看著我，像是求著我，求我快點再丟一次……

我明白了，我是因為明人求我。我最後一次在看守所見到他，他用一種我從沒看過的眼神求我，我這個他眼中沒什麼貢獻的人，終於被他需要了。

所以明人沒有一句話怪我，即使信裡也是。為什麼？因為要實行他的計畫，他需要我。

滿懷回憶卻又有一點希望。

我再次用力丟出漂流木，波吉想都不想，撒腿狂奔而去……

新人間叢書　四〇七

洗大象的女人

作　　者—花柏容
副總編輯—羅珊珊
責任編輯—蔡佩錦
校　　對—蔡佩錦　江淑霞　花柏容
封面設計—朱疋
行銷企劃—林昱豪

總 編 輯—胡金倫
董 事 長—趙政岷
出 版 者—時報文化出版企業股份有限公司
一〇八〇一九臺北市萬華區和平西路三段二四〇號
發行專線—（〇二）二三〇六—六八四二
讀者服務專線—〇八〇〇—二三一—七〇五・（〇二）二三〇四—七一〇三
讀者服務傳真—（〇二）二三〇四—六八五八
郵撥—一九三四四七二四時報文化出版公司
信箱—10899臺北華江橋郵局第九九信箱
時報悅讀網—http://www.readingtimes.com.tw
思潮線臉書—https://www.facebook.com/trendage/
法律顧問—理律法律事務所　陳長文律師、李念祖律師
印　　刷—勁達印刷有限公司
初版一刷—二〇二四年三月十五日
定　　價—新臺幣三八〇元

洗大象的女人／花柏容作. -- 初版. --
臺北市：時報文化出版企業股份有限公司, 2024.02
248面；14.8x21公分. --（新人間叢書；407）

ISBN 978-626-374-925-2（平裝）

863.57　　113000906

ISBN 978-626-374-925-2
Printed in Taiwan